Deseo

Poder y pasión

Laura Wright

D1340840

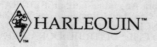

HARLEQUIN™

Editado por HARLEQUIN IBÉRICA, S.A.
Hermosilla, 21
28001 Madrid

I.S.B.N.: 978-84-671-6140-3
Depósito legal: B-11984-2008
Editor responsable: Luis Pugni
Preimpresión y fotomecánica: M.T. Color & Diseño, S.L.
C/. Colquide, 6 portal 2 - 3º H. 28230 Las Rozas (Madrid)
Impresión y encuadernación: LITOGRAFÍA ROSÉS, S.A.
C/. Energía, 11. 08850 Gavá (Barcelona)
Fecha impresion para Argentina: 10.11.08
Distribuidor exclusivo para España: LOGISTA
Distribuidor para México: CODIPLYRSA
Distribuidores para Argentina: interior, BERTRAN, S.A.C. Vélez
Sársfield, 1950. Cap. Fed./ Buenos Aires y Gran Buenos Aires,
VACCARO SÁNCHEZ y Cía, S.A.
Distribuidor para Chile: DISTRIBUIDORA ALFA, S.A.

Prólogo

Una hora antes, Mary había supuesto que se tumbaría en la enorme cama de matrimonio del hotel más exclusivo de Long Lake, en Minnesota, y dejaría que Ethan Curtis le hiciera el amor, sin emoción ni respuesta alguna por parte de ella. También en ese momento se había preguntado si él sería bruto, o si se mostraría frío; si sería el mismo miserable que había conocido en las antiguas oficinas de su familia hacía una semana; las oficinas que en el presente él controlaba y dirigía como una máquina de hacer dinero bien lubricada.

El roce pausado y seductor de sus labios la devolvió al presente. Cada vez que se acariciaban o que él le pasaba los dientes por el cuello, por la espalda o por un hombro, Mary gemía con tanto deseo que estuvo segura de que la oiría todo el hotel.

A lo mejor Ethan Curtis era un miserable, pero de frío no tenía nada.

La luz de la luna que iluminaba la habitación hacía imposible no distinguir las facciones de Ethan al tiempo que se enterraba de nuevo entre sus piernas: los pómulos marcados, los labios firmes y el cuello moreno, tenso y sudoroso del esfuerzo.

Él apartó sus ojos de un azul intenso y la fijó en sus labios instantes antes de bajar la cabeza. A Mary se le aceleró el pulso, presa de un deseo intenso cuando los labios carnosos de Ethan tomaron los suyos.

La verdadera razón por la que estaban juntos en la cama, para que su padre se viera libre de cualquier amenaza de cárcel, surgió de pronto en su pensamiento. Ella quería apartarse de Ethan y salir de aquel cuarto, pero su cuerpo le pedía otra cosa. Tal vez fuera porque hacía dos años que no estaba con un hombre, y anhelara sentir el peso de un cuerpo masculino, la proximidad y esa oleada de adrenalina tan peculiar. Fuera lo que fuera, deseaba tanto a ese hombre que no se lo podía explicar.

Ethan la besó en la boca, en la mejilla y continuó más arriba, hasta el lóbulo de la oreja.

Cuando Mary sintió que le pasaba la punta de la lengua se estremeció de placer y arqueó la espalda mientras se entregaba a él. Por una parte le fastidiaba que él dominara, pero por otra le encantaba sucumbir a sus caricias.

Oyó voces a la puerta, pasos ruidosos en el pasillo y el ruido de una puerta que se cerraba. ¿La habrían oído gemir de deseo, cuando su cuerpo le había rogado que le diera más?

La urgencia por tocar a Ethan, por agarrarlo de las nalgas y clavar los dedos en su carne musculosa, fue demasiado para ella, y Mary se agarró a la sábana con fuerza.

Se había prometido a sí misma que no lo tocaría; pero parecía que al final la promesa le estaba haciendo más daño a ella que a él.

¿Cómo había podido acostarse con un hombre como ése? Fuera como fuera, sólo lo pensó; porque cuando él bajó la cabeza para succionarle un pezón oscuro y rosado, el único sonido que brotó de su garganta fue un ronco gemido de satisfacción.

¿Cómo podía ser que lo hiciera con un demonio como él?

Se estremeció de deseo mientras se abrazaba a su cintura con las piernas y meneaba las caderas frenéticamente. Estaba cerca, muy cerca del orgasmo. Hacía ya dos años que había estado con un hombre, y con aquél sólo fueron dos meses; dos largos años desde que había fingido en la cama; y después había vuelto a una vida de ermitaño, donde había continuado siendo la eterna mujer de negocios. Sólo en sueños sentía la verdadera descarga del clímax; unos sueños de extraños sin rostro que agasajaban su cuerpo hasta que Mary se despertaba frustrada y sudorosa. Pero esa noche no había necesidad de fingir nada.

De nuevo sus pensamientos quedaron olvidados por las caricias de Ethan. Él deslizó una mano entre los dos y empezó a peinar con los dedos el vello pálido y suave de su entrepierna. Mientra Ethan la acariciaba, mientras rozaba su tierno y anhelante centro de placer, Mary aspiró hondo para intentar dominarse. No quería entregarse a ese hombre porque sabía que él no merecía su deseo, su total capitulación… Al mismo tiempo tampoco podía ignorar las sensaciones a las que aquellos dedos calientes y sedosos la empujaban. Sabía cómo había gritado mientras él la acariciaba, mientras la embestía hasta el fondo, pero a Mary no le importaba. Herida, desesperada y totalmente ajena al tiempo transcurrido, Mary clavó las uñas en las sábanas blancas haciendo como si fuera su piel.

Ethan la observaba con expresión salvaje, y al

mismo tiempo imbuida de una extraña preocupación. Entonces la penetró y continuó a un ritmo constante, mientras sus jadeos se hacían cada vez más irregulares.

Se estremeció con la fuerza del orgasmo, que atenazó su cuerpo. Momentos después se desplomaba suavemente sobre ella y escondía la cara en la curva sudorosa del cuello.

Enseguida Mary empezó a sentir frío, y con esa sensación recuperó un poco la sensatez. Por mucho que deseara físicamente a ese hombre, aquello no había sido más que una transacción.

Sintió náuseas al pensar en el día en que Ethan Curtis le había hecho una oferta que no había podido rechazar.

—Eres un miserable y un arrogante; y tú lo sabes, ¿verdad, Ethan? —le había dicho ella entonces.

Ethan se había recostado en su asiento de cuero y la había mirado con frialdad.

—Creo que eso es algo que ya hemos establecido. ¿Vas a aceptar el trato o no?

Con el pelo corto y negro, los ojos muy azules y la nariz aguileña, más que un hombre parecía un halcón. Mary nunca había visto a un hombre más arrogante o con más presencia que él.

Allí, en su enorme despacho de cristal y acero de líneas duras e inflexibles, Mary había intentado mostrarse tan tenaz como él.

—Te dije que accedería a la inseminación artificial.

—Si hubiera sentido que cumplirías...

—¿Cumplir? —había repetido, horrorizada—. Creo que hemos ido mucho más lejos.

—Cierto —sus ojos color zafiro asimilaban todo, especialmente las enormes ganas que ella tenía de frustrarlo de cualquier manera posible–. Pero para estar seguros de que tu parte del trato se va a cumplir, lo haremos a la antigua usanza.

–Ni hablar –había respondido ella.

–Tal vez incluso te guste –le había dicho él en tono de humor.

Mary recordó que lo había mirado con gesto burlón.

–Tal vez. Pero nunca lo sabremos. No me voy a ir a la cama contigo, Curtis.

La mirada de humor se había desvanecido, y Ethan Curtis había respondido con cara seria.

–Tú quieres que tu padre quede sin cargos; y yo quiero un hijo. Es muy sencillo.

Sencillo. La palabra se repetía en esos momentos en su pensamiento mientras el hombre que hacía una semana la había pronunciado se retiraba de ella con un movimiento ágil. Esa situación no tenía nada de sencilla. Se aventuró a mirarlo cuando él se sentó en la cama, de espaldas a ella. Se fijó en el movimiento de los músculos de su espalda. ¿Sería posible despreciar a alguien y sentirse tan intrigada al mismo tiempo?

El sonido de su voz interrumpió sus cavilaciones.

–¿Quieres que me vaya?

A pesar de su esfuerzo por permanecer indiferente, sintió que le hervía la sangre, por ella misma y por él.

–Sí.

Él apretó los dientes y soltó el aire despacio, consternado.

–Entonces, te veré otra vez mañana.

Sin decir nada, ella se levantó de la cama y fue

directamente al baño. No hubiera estado bien quedarse allí en la cama tumbada, tapada casi hasta la cara, como si fuera una niña ingenua de quien él acabara de aprovecharse. Había sido perfectamente consciente de lo que hacía y de por qué lo hacía, y tenía que reconocer que se lo había pasado bien.

Abrió el grifo de la ducha para no oírle mientras se vestía, o luego cuando saliera de la habitación, y miró el agua que caía como si fuera lluvia en la virginal superficie de porcelana de la bañera. Levantó un pie para meterse, pero de inmediato lo bajó y lo apoyó sobre la alfombrilla. ¿Por qué no se metía de una vez para lavarse y eliminar cualquier rastro de él? ¿Qué clase de mujer no querría quitarse de encima el olor de un hombre que había jurado odiar; de un hombre que sólo la quería para engendrar un hijo? No una a quien ella respetaría.

Mary soltó la cortina y se volvió hacia el espejo de cuerpo entero que había detrás de la puerta del baño. Se pasó la mano por el torso y el vientre con nerviosismo. ¿Habrían concebido ya un hijo esa noche? Se estremeció de emoción, pero también sintió una intensa aprensión. ¡Un hijo! Suspiró. No había nada en el mundo que más deseara que tener una familia propia; pero así no, no de ese modo.

Avergonzada, desvió la mirada. Sus prioridades eran las que siempre habían sido desde niña: solucionarle la vida a los demás antes que la suya. Y en ese momento lo más importante era que retiraran todos los cargos en contra de su padre. El trato con Ethan Curtis era para que su padre no ingresara en prisión, no para que ella formara una familia.

Extendió las manos sobre su vientre mientras negaba con la cabeza. Imposible. Todo el maldito acuerdo era imposible. Era una estúpida si pensaba que podría funcionar, al igual que Ethan Curtis era un estúpido si se imaginaba que, de quedarse embarazada, el bebé fuera a educarlo otra persona que no fuera su madre.

Capítulo Uno

Cuatro semanas después

—¿De quién fue la idea de instalar una cocina en la oficina? —preguntó Tess York entre dientes con la boca llena de una porción de huevos con beicon y salsa holandesa.

Olivia Winston se echó sobre el hombro un paño de cocina amarillo y avanzó hacia la mesa meneando con elegancia su cuerpo pequeño y sensual.

—Ah, he sido yo —respondió ella.

—Pues eres un genio, chica.

Bajo el flequillo rizado de pelo castaño asomaron unos luminosos ojos color ámbar.

—Eso ya lo sé.

La arrogancia fingida de su socia hizo reír a Tess.

—Lo único que quiero saber es dónde está mi cóctel mimosa.

—Nada de beber antes de las diez.

Mary Kelley estaba sentada enfrente de Tess. Tenía una melena rubia que en ese momento le tapaba parte de la cara.

—A no ser que ocurra algún desastre —añadió Mary.

—Yo diría que una sequía de dos semanas es un desastre —comentó Tess con astucia, haciendo reír a Olivia.

—Estamos en agosto —Mary miró primero a una socia y después a la otra—. Todo suele ir un poco más despacio al final del verano.

—Sí, va todo más lento —el pedazo de beicon pinchado en el tenedor parecía una bandera—. Pero ahora mismo estamos casi en alerta roja.

Aparte de esas dos semanas de agosto, el resto del año No Ring Required bullía de actividad. La principal empresa de esposas de alquiler del Medio Oeste no tenía competencia alguna y su personal era brillante. Gracias a la creatividad y el olfato empresarial de Mary, las habilidades culinarias de Olivia y el inteligente y cuidadoso presupuesto e innovadoras ideas en los diseños de Tess, NRR era una empresa de mucho éxito. El problema, Mary tenía que reconocerlo, era que las tres eran tan adictas al trabajo y se preocupaban tan poco por su vida personal que no tenían ni idea de qué hacer cuando había menos actividad. Y cada vez que llegaba el final del verano, empezaba a entrarles el pánico.

—Bueno —continuó Mary, dejando el tenedor y la servilleta sobre un plato de comida sin tocar—. Está claro que no es el momento para ponerse una puntillosa con los clientes.

—Sí, Olivia —murmuró Tess con una sonrisa.

Olivia arqueó las cejas con gesto interrogativo.

—¿Y eso qué se supone que quiere decir?

—Creo que se está refiriendo a tu problema con los clientes rentistas —le sugirió Mary, que se echó a reír con las maneras exageradas de Tess.

Olivia frunció el ceño, estiró el brazo y agarró el plato de Mary.

—No me gustan, y eso no hay manera de cambiarlo. Muchos de ellos son hombres groseros, descerebrados y egoístas que no sólo piensan que son los dueños del mundo sino de todos sus habitantes.

Tess sonrió a Mary.

–Dinos cómo te sientes de verdad.

–Sí –corroboró Mary–. No tengo muy clara tu opinión sobre los ricos.

Olivia suspiró mientras sus socias se reían.

–No son los ricos es... Ah, olvidadlo –deseosa de terminar con la conversación, Olivia se fijó con irritación en la comida intacta de Mary–. Mary, no estarás a dieta, ¿verdad?

–¿Cómo? –Mary se puso seria.

Olivia le echó una mirada calculadora y avanzó de nuevo hacia su querida cocina marca Viking.

–Sabes muy bien que opino que las dietas son un insulto a todos los que aman la cocina.

–Lo sé.

–Lo siento, pero me temo que en mi frigorífico no hay pomelos ni sopa de coles.

Mary negó con la cabeza, cada vez más nerviosa.

–No estoy a dieta, Olivia; es que no tengo hambre.

Tess hizo una pausa para tragar.

–Por mucho que me fastidie estar del lado de Olivia, llevas ya muchos días así.

–Sí –concedió Olivia.

–Y, bueno –empezó a decir Tess con torpeza–, ya sabes que estamos aquí si... Bueno, ya sabes.

Mary asintió e hizo por sonreír.

Entre las tres, hablar de negocios era una aventura, un juego, una experiencia vivaz; pero cuando la conversación se desviaba al terreno personal o entraba en el plano emocional, las mujeres de NRR parecían trasformarse en Las Tres Chifladas. Desde que trabajaban juntas la costumbre era que cada una se guardaba sus asuntos personales para sí. Resultaba extraño, pero así era.

–¿Entonces qué tenemos para hoy, señoras? –preguntó Tess mientras se apartaba de la mesa y del plato que había dejado limpio.

–Tengo una reunión con un futuro cliente –le informó Mary mientras se fijaba en el reloj de la pared.

Habían pasado cinco minutos, y Mary pensó que la prueba estaría lista. Los nervios de un rato antes alcanzaron enormes proporciones.

–Después de todo, tal vez no nos vaya tan mal este mes –comentó Olivia alegremente, recuperando su buen humor–. Yo también tengo un cliente que va a venir a las dos. Su prometida lo abandonó una semana antes de la boda, y él quiere que lo ayude a organizar una cena «para fastidiarla», como dijo él.

Tess se echó a reír.

–¡Qué gracia!

Mary apenas las oía. Tenía tanta tensión que le dolían las piernas de los tirones musculares que le estaban dando en ese momento; si no se relajaba le daría un calambre. Había escondido el test de embarazo detrás de unos cincuenta rollos del suave papel higiénico que Olivia insistía en comprar. ¿Habría una línea o dos?

–¿Y el tuyo, persona importante o negocio importante? –le preguntó Tess, mirando a Mary con expectación.

–Ah... Los dos, la verdad.

–Qué bien –Olivia dejó su plato lleno junto a Tess, colocó los cubiertos, la servilleta y el vaso de agua en su sitio y se preparó para tomar su desayuno.

Con el corazón latiéndole con fuerza en el pecho, Mary se puso de pie y agarró el bolso.

–Sólo tengo que ir primero al servicio antes de irme.

–Buena suerte –le dijo Olivia.

Tess asintió.

–Sí, buena suerte, chica.

Si supieran el doble significado de sus buenos deseos, pensaba Mary. Cada paso que daba hacia el baño le parecía que lo hacía sobre un terreno de arenas movedizas. No tenía ni idea de lo que quería ver cuando apartara todos esos rollos de papel y sacara el test. Si daba positivo, con el tiempo tendría que pensar en marcharse de Minneapolis, lejos de Ethan; porque ese hombre jamás le permitiría largarse con su hijo. Si daba negativo, la vida de su padre estaba acabada. Experimentó una sensación de náusea en la boca del estómago; tenía vidas que proteger y no estaba segura de ser capaz de hacerlo.

Echó el cerrojo del baño, se sentó en el suelo y abrió las puertas del armario que había debajo del lavabo. Apartó fácilmente la montaña de rollos de papel higiénico, metió la mano y sacó la fina tira de plástico. El pulso le latía en los oídos. ¿Qué era lo que ella quería?

Cerró los dedos sobre el plástico y tiró de ello. Con la vista fija en el resultado, Mary suspiró desmesuradamente.

Eran las tres y veintisiete, y Ethan Curtis estaba cada vez más impaciente.

No estaba acostumbrado a que le hicieran esperar. Cuando alguien iba a reunirse con él, llegaba de media de quince a treinta minutos antes de la hora y se sentaba en su enorme vestíbulo hasta que él estuviera listo para verlos. Durante seis años había sido así.

Sabía perfectamente que sus empleados le tenían por un arrogante y un insoportable.

Pero él lo prefería así.

Apretó el botón del intercomunicador.

–Marylin, cuando la señorita Kelley llegue, dile que la espero en la azotea.

Se produjo una ligera pausa al otro lado de la línea. A Marylin le extrañaba mucho lo que le había dicho su jefe, pero se recuperó enseguida.

–Sí, señor. Descuide.

Ethan miró el reloj. Las tres y treinta y uno. ¿Dónde demonios estaba esa mujer? Se acercó al ascensor a grandes zancadas y apretó el botón con premura. Mary Kelley era una voluntariosa y seria mujer de negocios, muy similar a él; pero de trabajar para él en su empresa la habría echado ya.

Él no solía ser un hombre nervioso. Sin ir más lejos, cuando tenía que cerrar un trato nunca se inquietaba en modo alguno. Si un cliente no aparecía o no se avenía a él como él deseara, le daba la vuelta con sutileza y diplomacia para que al final le resultara favorecedor. Sin embargo, mientras subía a la azotea en su ascensor privado, empezaron a darle unos dolorosos calambres en el vientre; igual que le había pasado el día que su padre le había dicho que su madre se había ido con otro y que no iba a volver.

Ethan salió del ascensor y accedió a la azotea, para cuyo diseño había contratado a un arquitecto paisajista conocido en todo el mundo y a dos paisajistas que la habían trasformado en su refugio privado. En el patio había una preciosa fuente de azulejos de inspiración árabe y varias escultura antiguas; y a la izquierda un solárium, con arriates circulares cuajados de flores de lino y arbustos de hoja perenne para darle color al escenario urbano todo el año. La buganvilla roja se enroscaba alrededor de los arcos de las pérgolas, y el camino central lo flanqueaban varios cerezos. A Ethan le encantaba aquel ambiente exótico y suave.

La sintió, o más bien la olió, antes de verla. Olía a jabón, un aroma fresco y suave... Sí, lo recordaba a la perfección. Notó una placentera contracción por debajo de la cintura, al tiempo que en su mente se sucedían las imágenes de esas noches de julio que nunca abandonaban su pensamiento. Ethan se imaginó tumbado encima de ella, totalmente enterrado entre sus piernas, besándola en la boca mientras aspiraba su aroma y deleitándose con sus gemidos de gata salvaje.

Volvió la cabeza y la vio avanzando hacia él. Mary Kelley era de altura media y complexión mediana, pero poseía dos cosas que harían que cualquier hombre no pudiera apartar los ojos de ellas: unas piernas largas y bien formadas, que en ese mismo momento imaginó, casi sintió, enroscadas a su cintura; y unos ojos azul pálido y rasgados como los de un gato.

—Llegas tarde.

Ella no respondió.

—¿Qué es todo esto, Curtis? —le preguntó mientras miraba su alrededor muy poco impresionada—. ¿Tu refugio secreto?

Aparte de las piernas y de los ojos, también tenía la lengua muy larga.

—Un santuario.

Él frunció el ceño. Mientras, ella se sentaba enfrente suya. La falda del conjunto Chanel azul pálido se le subió un poco al sentarse. El sol de la tarde le daba en la cara, y pareció como si tuviera el pelo casi blanco.

—¿Y de qué necesitas refugiarte? ¿De todas las personas que has fastidiado esta semana?

Sin duda tenía la lengua muy larga; pero también recordó que otro día le había parecido suave y mojada.

—¿Crees que disfruto haciéndole la vida imposible a los demás?

—Creo que es como un elixir de vida para ti.

Estaba muy claro que él no le gustaba. Pero saber con seguridad por su actitud si se había quedado embarazada o no era imposible de averiguar; y en realidad eso era lo único que le interesaba en ese momento.

Se acercó al bar.

—¿Quieres beber algo?

Ella asintió.

—Gracias.

—¿Alguna cosa en particular? ¿Martini con soda? —preguntó Ethan, sabiendo que eso le aclararía su duda.

—Me tomaría algo fresco. Hace bastante calor.

—Me vas a hacer sufrir con esto, ¿verdad?

—¿De verdad lo apreciarías de otro modo? —le preguntó ella bruscamente.

—¿Martini?

—Prefiero un refresco de limón si tienes. Voy a conducir.

—Mary...

—¿Crees que mereces una respuesta fácil, Curtis?

—lo interrumpió ella con frialdad—. Piensa en cómo hemos llegado hasta aquí.

Ethan se dijo que no había hecho otra cosa en las últimas cuatro semanas, aunque parecía que no del mismo modo que ella.

—Hicimos un pacto.

Ella soltó una risa amarga.

—¿Tú dirías que fue eso? Más bien, me hiciste chantaje y yo cedí; creo que es más justo explicarlo así.

Ethan dejó las bebidas y se acercó a ella. Mary Kelley estaba muy enfadada, pero a él le daba lo mismo. Sólo le interesaba una cosa, y haría lo que fuera para conseguirlo.

—¿Estás embarazada? —le preguntó sin rodeos.

Ella tardó un momento en responder. Su expresión varió en esos momentos, traicionando distintas emociones, y su respiración se volvió superficial y laboriosa. Entonces asintió.

—Sí.

Ethan se dio la vuelta, con el corazón que se le salía del pecho. Aquello era lo que había deseado con toda el alma; pero jamás lo había creído posible. No tenía ni idea de cómo tomárselo.

—Retirarás los cargos en contra de mi padre —dijo Mary en tono frío.

Él seguía allí, dándole la espalda.

—Por supuesto.

—Y no te entrometerás en mi vida hasta que no nazca el bebé.

Él abrió la boca, como si fuera a aceptar la orden, pero entonces hizo una pausa.

—No sé si voy a poder hacer eso.

—Ése fue el trato que hicimos —respondió Mary mientras se ponía de pie con gesto fiero—. ¿Es que

18

no tienes palabra de honor? ¿Dónde te criaste, debajo de una piedra?

Ella no sabía de dónde era él, no podría haberlo sabido, pero sus palabras le dolieron.

Mary agarró su bolso y se dispuso a regresar al ascensor.

—Bien.

—Pero hay una condición —le dijo Ethan.

Ella lo miró a los ojos sin pestañear.

—Entonces no hubo condiciones —dijo Mary.

—Esto que voy a decirte no tiene que ver con mi hijo, Mary. Esto es un trato.

—Yo pensaba que lo del niño también era un trato —dijo ella en tono seco.

A pesar de la provocación, Ethan continuó.

—Quiero contratar tus servicios.

Por un momento, Mary se quedó confusa; antes de echarse a reír amargamente.

—Jamás.

—¿Dejarías de lado una proposición de trabajo para no tener que verme? Pensaba que eras más fuerte que todo eso.

—Tengo trabajo suficiente; no necesito hacer ninguno para ti.

La estupidez de esa afirmación le hizo sonreír.

—Siendo los dueños de dos prósperas empresas, los dos sabemos que eso no es verdad.

—Mira —empezó a decir con impaciencia—, mi trato contigo ha terminado. A no ser que quieras retractarte y no retirar los cargos en contra de mi padre...

—No —la interrumpió con firmeza—. Pero tal vez también quieras esa escultura que a tu padre le costó tanto llevarse.

—Eso me importa un comino.

—Tal vez, pero a tu padre sí que le importa.

Señaló hacia el patio donde había una pequeña escultura de una mujer y una niña por la que Hugh Kelley había estado a punto de ir a la cárcel. Los Harrington se la habían regalado a Ethan cuando éste se había hecho con el control de la compañía. Él había adquirido la mayoría de las acciones de Harrington Corp. en un momento en el que la empresa había estado a punto de irse a la quiebra; pero como los Harrington habían querido seguir implicados, se habían visto obligados a comportarse de un modo agradable. Si Ethan hubiera sabido que la valiosa escultura pertenecía a un miembro de la familia, seguramente habría rechazado la pieza. Porque por mucho que quisiera ser aceptado y acogido en los círculos de rancio abolengo de Minneapolis, detestaba los dramas familiares. No le había hecho mucha gracia que hubieran detenido a Hugh Kelley por haber querido recuperar la escultura, pero tampoco pensaba permitir que nadie, ni siquiera él, forzara la entrada en su empresa por ninguna razón.

—¿Por qué estás haciendo esto? —le preguntó Mary, mientras sus ojos de gato lo inspeccionaban como si fuera un molesto roedor —. ¿Qué puede importarte si mi padre recupera esa escultura? Tú tienes lo que quieres, ¿no?

Mary era muy bella, y el temperamento y la pasión que sonrojaban en ese momento sus mejillas no hacían sino aumentar su belleza. Se engañaba a sí misma, y sin duda trataba de engañarlo a él, si pensaba que ellos dos habían terminado. Las noches que habían pasado juntos habían resultado en dos cosas: un bebé y el deseo ardiente de volver a acostarse con ella. Las dos cosas llevarían tiempo, pero al final conseguiría lo que quería.

–Quiero estar ahí –dijo él sin más–. Quiero estar contigo y ver tu evolución; ver crecer a este niño. Eso es todo.

Como ella no dijera nada, él continuó.

–Tengo varias fiestas que dar y a las que asistir el próximo mes, y un viaje...

–¿Viaje?

–A Mackinac Island.

–Ni hablar.

–¿No viajas con los clientes?

–Tú no eres un cliente.

–Escucha, si fuera simplemente una reunión de negocios, iría solo; pero tengo que quedarme unos días, y estoy pensando también en dar una fiesta.

–Puedes encontrar a alguien que te ayude con eso –dijo ella–. ¿No conoces a ninguna mujer? Estoy segura de que conoces a varias.

Él torció el gesto divertido.

–Sí.

–Alguna novia, tal vez.

–No.

–¿Qué hay de una chica de alterne? –le sugirió ella con una sonrisa sarcástica.

–Quiero lo mejor; una profesional. NRR tiene buen nombre; y, sinceramente, no me importaría tener a una Harrington a mi lado para...

–Bien –lo interrumpió antes de negar con la cabeza–. No lo creo.

Era tan obstinada.

–¿Conoces los círculos en los que me muevo?

–Podría adivinarlo.

–Son la clase de ambientes que serían estupendos para tu negocio.

Ella se encogió de hombros, y de nuevo negó con la cabeza.

–Tienes miedo de lo que pueda pasar si estás cerca de mí –Ethan se acercó a ella, la miró y sonrió.

–Mejor di que me preocupa –Mary se apartó de él y fue al bar, donde se sirvió un vaso de té con hielo–. Escucha, no negaré que me atraes; igual que no pienso negar lo mucho que te aborrezco.

–Aprecio tu sinceridad. Pero eso sigue siendo...

–Un no.

–Bueno, tu negativa no cambia el que yo necesito ayuda. Podría pedírsela a una de tus socias...

Mary estuvo a punto de atragantarse.

–No.

Ethan vaciló. Era la primera vez que la había visto enfadada durante esa conversación. El sexo no la conmovía, ni tampoco el dinero, ni el negocio, ni el tema de su padre; pero sólo mencionar a sus socias de NRR y se ponía a sudar.

–Tienes dos socias, ¿verdad? –le preguntó con naturalidad.

–Ellas no saben nada de ti... ni de esto –dijo Mary en tono cáustico–. Y quiero que continúe así.

–Entiendo.

Dejó el vaso encima de la barra.

–Quieres verme continuamente...

–Para empezar.

Ella asintió despacio, como si estuviera pensando.

–De acuerdo. Otra vez vas a conseguir lo que quieres; aceptaré el empleo –se dio la vuelta y fue hacia el ascensor–. Pero tienes que entender una cosa —añadió mientras se abrían las puertas—. Lo que pasó en el lago no volverá a ocurrir.

—Lo que tú digas, Mary —respondió Ethan con una sonrisa pausada mientras se cerraban las puertas del ascensor.

Eran las siete en punto cuando Mary entró en la pequeña casa en el 4445 de Gabby Street. Se había criado allí, y había sido feliz con unos padres que la habían adorado y que se lo habían demostrado a diario. Con dos almas tan gentiles como guías, debería haber tenido una personalidad más dulce y suave; sin embargo parecía claro que la sangre de los Harrington corría por sus venas.

Mary cruzó la casa y empujó la puerta mosquitera. Sabía dónde estaba su padre. Por la tarde Hugh Kelley solía estar en el patio de atrás de la casa. En ese momento lo encontró de rodillas en el pequeño huerto, aplastando suavemente la tierra alrededor de unas habas que habían empezado a brotar, y que en ese momento cuidaba como si fueran sus niños. Tenía sesenta y cinco años, pero últimamente parecía como si se hubiera echado diez años encima. Poco quedaba ya del hombre robusto que había sido toda la vida.

Mary le notó mayor y cansado, tal vez incluso más porque tenía el pelo canoso y un poco más largo por detrás. Por enésima vez Mary se preguntó si alguna vez se recuperaría de la larga enfermedad y la muerte de su madre, o del arresto que había sufrido después.

Esperaba que por lo menos la noticia que había ido a darle aliviara un poco su desesperación.

Levantó las vista de la planta de habas y sonrió.

–Nunca en tu vida has llegado tarde, ¿verdad, tesoro?

El pronunciado acento irlandés de su padre la envolvió con calidez.

–Si hay algo que tú me has enseñado, papá, ha sido a ser puntual.

–¡Qué bobada!

Mary se echó a reír y se sentó en el suelo a su lado.

–Ten cuidado –Hugh señaló la tierra oscura–. Te vas a manchar el traje.

–No te preocupes, papá.

Arrancó una haba de la planta y se la dio.

–Tú sabes que en toda mi vida no he sido puntual; ni tu madre tampoco. Tú sí. Naciste justo el día que había previsto el médico. Tu madre y yo nunca entendimos de dónde te venía esa puntualidad. Al menos nosotros no la reconocíamos.

Hugh no se mostraba enigmático, tan sólo realista. La disputa entre el padre de Mary y los abuelos de ella no era nada nuevo; aun así, a su padre le encantaba machacarlo cada vez que podía.

En realidad, a Mary no le extrañaba nada. Los Harrington nunca lo habían querido, y desde el primer día le habían hecho sentirse como un pueblerino irlandés. A Mary siempre le habría gustado que todo fuera de otra manera en la familia; porque tanta amargura y tanto resentimiento eran una auténtica pérdida de tiempo.

Dio un mordisco al haba; la brisa de finales de verano despeinó su cabello.

–Bueno, tengo una noticia que darte.

–¿Y qué es, tesoro?

—Ethan Curtis ha retirado los cargos contra ti.

Hugh no parecía sorprendido.

—Eso me ha dicho mi abogado.

—¿Ya lo sabías?

—Sí. Teddy me llamó hace un par de horas.

—¿Vaya, no estás contento, aliviado o algo?

—Algo, sí —sus pálidos ojos azules, tan similares a los de ella, se encendieron de pasión—. Estoy enfadado, eso sí.

—¿Por qué? ¿Qué pasa?

—Te conozco, chica. Te conozco mejor que nadie. Y sé que habrás tenido que hacer algo para que esto pasara.

A ella se le encogió el corazón, pero permaneció fría y compuesta.

—Papá, yo sólo hablé con él.

Hugh resopló.

—Ethan Curtis no es un hombre normal. Es un diablo, un demonio sin alma.

Mary estaba muy dispuesta mostrarse de acuerdo con su padre cuando se acordó de pronto de la acogedora habitación de Lake Richard. Ethan era un demonio, sí, pero tenía un lado bueno; un lado que estaba lleno de ternura y calidez. Lo había visto cuando había hablado de su futuro hijo.

Mary cerró los ojos. El hijo de Ethan.

—Bueno, él ha decidido olvidarse del asunto —dijo Mary—. Pensó que no le merecía perder tiempo con la escultura e incluso está dispuesto a devolvértela. Después de todo, sólo fue un regalo de la abuela, sin ningún valor sentimental para él, y...

—Un regalo que esa mujer no tenía derecho a darle —señaló Hugh con mal humor.

Mary soltó un suspiro paciente.

–Lo sé, papá.

A su lado había una cesta llena de verduras y hortalizas. Su padre debía de llevar al menos un par de horas allí fuera para haber recogido todo aquello.

–Prométeme que no estás metida en un lío.

Mary levantó el mentón. Había mentido sí, pero había sido su deber hacerlo así. No estaba embarazada, pero al menos su padre era libre, y protegerlo era lo único que le importaba.

–No tengo nada que temer de Ethan Curtis –dijo ella en tono algo tenso.

Mientras no supiera la verdad, se dijo para sus adentros mientras levantaba la cesta del suelo y entraba en la casa.

Capítulo Dos

Mary se preguntó un instante si se habría dormido y estaba, Dios no lo quisiera, roncando. De vez en cuando NRR tenía clientes que eran tan aburridos que una o todas las socias acababan muertas de sueño mientras discutían los términos del contrato por servicios.

Ese día le tocaba el turno a Mary de tomarse una tercera taza de café y ponerse palillos en los ojos. Cambió de postura en el asiento mientra observaba a Ivan Garrison, un nuevo cliente que la había contratado para diseñar el menú para una fiesta que iba a dar a bordo de su yate, Clara Belle. Durante los últimos treinta minutos el aspirante a capitán de barco de cuarenta y dos años había estado contándole a Mary con gesto apenado que le había puesto el nombre a su barco en recuerdo de su esposa muerta, con quien se había casado por sus «notables habilidades en el manejo del barco y por su formidable mostrador».

Mary había tardado un momento en darse cuenta de que con «formidable mostrador» Ivan se había referido a los pechos de su fallecida esposa, y tan sólo un par de segundos en contemplar la posibilidad de pasárselo a Olivia, ya que el trabajo consistía sobre todo en planear un menú. Pero él era uno de esos rentistas que tanto repugnaban a Olivia, y si se arriesgaba a que tuviera que respetar el séptimo mandamiento de NRR, «no dañarás» tal vez fuera pedir demasiado.

¿Quién sabía? Si se llevaba a Olivia a dar una vuelta en su Lamborghini amarillo e insistía en que lo llamara capitán como hacía con todo el mundo, tal vez Olivia le diera un capón la noche antes de la fiesta y al día siguiente lo sirviera a sus invitados con una manzana en la boca.

—La fecha para la gala de regatas como ya sabe es el veinticinco —dijo él mientras se tocaba el borde de la visera blanca de la gorra de capitán que había llevado puesta en ambas entrevistas—. Le pediré a mi secretaria que le envíe una lista de invitados. Le ruego haga el favor de referirse a mí como «Capitán» en la invitación. Así es como me conocen mis amigos y mis socios en los negocios.

¡Sí, señor!

Mary asintió.

—Por supuesto, no se preocupe.

—Me gustaría que viniera mucha gente a la fiesta. En las carrera participa mucho la gente, pero no ocurre lo mismo en las galas.

—Podrías convertirlo en una gala benéfica —sugirió Mary.

—Lo pensaré —se recostó en el asiento y suspiró—. ¿Le he contado cómo acabaron llamándome capitán?

—No.

Si Ivan iba a pasar por allí todas las semanas, Mary debería hacerse con caramelos de café y una caja de palillos.

—Como sabe, no es mi apellido —dijo—. Cuando tenía seis años... no, ocho años, mi niñera, que se llamaba Alisia y que era la que me bañaba...

—Perdón. Siento interrumpir.

Mary levantó la vista y sonrió a su socia con agradecimiento.

—No pasa nada, Olivia; ya estábamos terminando.

Olivia saludó a Ivan asintiendo con la cabeza.

—Hola, Capitán —entonces se volvió hacia Mary—. Ha llegado tu próximo cliente.

—No tengo...

Mary se calló. ¿Pero qué demonios hacía? Sin duda Olivia, su salvadora, habría visto que tenía los ojos medio cerrados del aburrimiento; y a lo mejor habría oído el principio de esa repugnante historia de la niñera y el niño de ocho años y le estaba dando la oportunidad de escapar a su tedioso destino.

—Podremos concretar el resto por teléfono, Capitán —dijo Mary mientras se ponía de pie y le daba la mano—. O si lo prefiere, podemos enviarnos un correo electrónico.

Tras despedirse y dejar al capitán, Mary fue hacia el vestíbulo con Olivia.

—Muchísimas gracias, Olivia.

—¿Gracias, por qué? —preguntó la otra.

—Por salvarme con eso de que estaba aquí mi próximo cliente. Me alegro por el negocio, pero tristemente Ivan sólo es excéntrico y raro de un modo que resulta muy poco interesante. No hay nada peor que eso.

Olivia parecía confusa.

—Mary, siempre me alegra ayudar con clientes tediosos; pero en este caso tienes de verdad a alguien esperándote —dijo mientras dirigía la mirada hacia el hombre que estaba sentado en una de las sillas de cuero del vestíbulo.

Al verlo, Mary se quedó sin respiración y quiso abofetearse por su reacción de chiquilla; sin embargo continuó hasta donde estaba él sentado. Ethan Curtis no era la clase de hombre guapo que uno vería en las páginas de *Businessman Weekly;* nada de trajes tres piezas o el pelo engominado y peinado para atrás. Tenía el gesto crispado, listo para atacar, y un par de ojos azules de expresión alerta. Ese día vestía unos pantalones sastre y una camisa negra de corte impecable, y era tan alto y fuerte que daba la impresión de no caber en la silla de cuero. Cada vez que ellos dos se encontraban, saltaban chispas de deseo y discordia.

—Hoy no teníamos cita, señor Curtis —dijo Mary en tono levemente mordaz.

—Sí, lo sé —en sus ojos se reflejaba una expresión de humor—. Pero esto es urgente.

Estaba claro que no se iba a librar de él enseguida.

—Pasemos a mi despacho.

—No. Necesito llevarte a un sitio.

—Imposible —respondió ella en tono seco.

—Nada es imposible.

—No puedo.

¿Acaso no se daba cuenta de que Olivia andaba por allí cerca? Si les oía, se llevaría la impresión equivocada... Aunque la verdad fuera más bien lo contrario.

—Tengo una cantidad de trabajo horrible...

—Esto es un asunto de trabajo.

Mary apretó los labios con frustración. Si se negaba y discutía con él, Olivia saldría en un segundo para ver qué pasaba. O a lo mejor saldrían Olivia y Tess. Así que Mary miró a Ethan con escepticismo y bajó la voz.

—¿Dices que es algo de trabajo?

—Por supuesto.

Su respuesta fue normal; pero que se lo hubiera dicho mirándole los labios no era nada normal.

—Eso espero.

Ella lo miró con severidad antes de ir a su despacho por el bolso.

Mary entró en un mundo de canastillas a la última moda y sillitas de bebé de percal floreado, y sintió que se le iba el alma a los pies. Era el sitio donde menos le apetecía estar.

Por una parte le preocupaba haber mentido sobre el embarazo, y por otra le angustiaba pensar que pasaría mucho tiempo hasta que entrara en una tienda como aquélla. Se fijó en las estanterías azules y rosas y en las cómodas con bonitos tiradores en forma de avión o unicornio.

—Esto es una tienda de bebés, Curtis —le dijo ella en voz baja, haciéndose a un lado para no darse con un precioso cambiador de diseño.

Ethan se sentó en un sillón reclinable verde pálido.

—¿Podríamos dejar lo de Curtis y llamarme por mi nombre de pila?

—No lo creo.

Él arqueó una ceja con gesto burlón.

—Eh, te he visto esa diminuta marca de nacimiento que tienes justo debajo del ombligo.

Ella se ruborizó de inmediato.

—Esto...

—Ven a sentarte —le señaló una silla en forma de pato que había al lado—. Siempre estás de pie.

—Estoy bien. Prefiero quedarme de pie.

—Ethan —dijo él.

—Bien, Ethan —repitió ella de mala gana—. ¿Me vas a decir por qué estamos en la tienda de bebés?

Él escogió una preciosa pieza de artesanía de una mesa cercana y estudió un dibujo de dos ranas montadas en un barquito de vela.

—Estoy pensando que podríamos añadir algo más a tu carga de trabajo.

—¿Como cuál?

—Como diseñar un cuarto, en mi casa.

A Mary se le aceleró el pulso.

—Quieres que diseñe un cuarto para el... para nuestro...

—Bebé, sí. Tal vez tenga recursos ilimitados, pero tú no ibas muy desencaminada cuando sugeriste que yo me crié debajo de una piedra. Aunque en realidad fue en un camping para caravanas; un sitio oscuro, sucio y decorado con lo que los ricos del otro lado de la ciudad tiraban. De modo que no tengo gusto alguno. Y, además, soy un hombre.

Ella se quedó mirándolo, sin saber qué pensar de lo que él acababa de decirle. No había sido su intención insultarlo con el comentario de la piedra. Bueno, aunque tal vez un poco; y por ello se sentía de lo más esnob. De pronto su necesidad de ser aceptado por la sangre azul de Minneapolis, de ser uno de ellos, empezaba a tener algo de sentido. Aunque eso no quería decir que sus acciones estuvieran perdonadas en modo alguno.

—Oye, siento lo que te he dicho, lo de la piedra...

Él hizo un gesto con la mano para quitarle importancia, pero de todos modos se le veía un poco tenso.

–No tiene importancia. Lo que importa sin embargo es que mi hijo tenga un sitio donde dormir. ¿Y bien? ¿Te parece éste bien?

Aquélla no era una petición extraña por parte de un cliente de NRR. En los últimos cinco años había diseñado más de veinte cuartos de niños. Cuartos para padres solteros, para padres gays que reconocían no tener gusto, incluso a veces para mamás ocupadas.

–Se me ocurrió que a lo mejor te apetecía hacerlo –Ethan se puso de pie.

–¿De verdad?

Él quería que ella decorara la habitación de su hijo; un hijo que no existía.

Se dio la vuelta y cerró los ojos. Aspiró hondo. ¿En qué estaba pensando? ¿Cómo podía habérsele ocurrido mentirle sobre algo tan importante y tan sagrado como tener un hijo? Aquello se le estaba yendo de las manos. Había tenido que proteger a su padre. ¿Y no era lógico que toda vez que ya estaba fuera de peligro, pudiera contarle a Ethan Curtis que no iba a ser papá, sufrir sus reproches, sus amenazas incluso, y continuar tranquilamente con su vida?

El pánico le atenazó el estómago. ¿Pero y si él volvía a acusar a su padre? Eso era muy posible; incluso también probable, dado lo mucho que se enfadaría cuando lo supiera. Pero como estaba segura de que su padre no sobreviviría a otra detención; no pensaba permitir que eso ocurriera.

Mary palpó una tela de algodón a cuadros en color verde. Sería estupendo tanto para un niño como para una niña. De pronto le entraron ganas de llorar. Aunque no fuera la mujer más maternal del mundo, quería tener un hijo; y lo tendría algún día, con un hombre que la amara...

—¿Mary?

Ella se dio la vuelta y miró a Ethan.

—De acuerdo.

—Buenos días —una dependienta rubia muy alegre apareció junto a ellos, con sus ojos redondos y marrones brillantes de emoción—. ¿Para cuándo esperan su bebé?

Antes de que Mary pudiera abrir la boca para decir que sólo estaban mirando, Ethan interrumpió con un:

—Entre principios y mediados de abril.

Mary volvió la cabeza tan deprisa que se preguntó si se habría hecho una lesión del latigazo en las cervicales.

—Ya he hecho el cálculo —dijo él encogiéndose de hombros.

—Un bebé de primavera —dijo la dependienta, sonriendo a Ethan como si fuera ya candidato a padre del año—. ¿Qué les parece si empezamos con la cuna?

Ethan le hizo un gesto a Mary.

—La señora manda.

La chica miró con expectación a Mary.

—¿Le gusta una cuna tradicional? ¿Redonda? ¿O tiene alguna idea?

—Ninguna —dijo Mary, que de pronto se sentía débil—. Hoy no.

La chica adoptó una expresión compasiva y bajó la voz.

—La mamá está cansada.

«No tienes idea, señorita», pensaba Mary.

—He querido que se sentara –dijo Ethan con frustración.

La chica asintió, como queriendo dar a entender que sabía de las molestias y el mal humor de las embarazadas porque había visto a muchas.

—Si quieren podemos dejarlo para otro día.

Mary asintió.

—Me parece bien otro día.

Tal vez incluso otro año estaría bien.

Ethan miró su reloj.

—Es más de la una –miró a Mary con preocupación–. ¿Has comido?

Mary negó con la cabeza.

—Aún no, pero ya me tomaré algo en el despacho...

—Tienes que comer ahora. Espera aquí, iré por el coche.

—Tengo mi coche –dijo ella, pero él ya iba de camino a la puerta.

Para colmo de males, la dependienta se acercó a ella, se agarró las manos y suspiró.

—¡Ay, qué suerte tiene!

—¿Por qué?

La joven miró a Mary como si estuviera loca o fuera mezquina.

—Ese hombre será un papá estupendo.

—Eso si es capaz de dejar de dar órdenes a todo el mundo –murmuró Mary entre dientes.

—¿Cómo dice?

Mary sonrió a la chica, negó con la cabeza y salió de la tienda detrás de Ethan.

***

–Sabes, había un tailandés de aspecto dudoso junto a la tienda ésa de bebés –dijo Mary mientras bebía un poco de agua de limón y masticaba un pedazo de pollo tierno con ensalada de espinacas frescas.

Ethan agitó el tenedor para llamar su atención.

–Éste está mucho mejor.

Mary se encogió de hombros y habló en tono risueño.

–Eso si te gusta el silencio, la buena comida y unas vistas maravillosas.

Bajo el pretexto de estar trabajando, Ethan se la había llevado a su casa para almorzar. Cansada por las emociones en la tienda de bebés, y más que un poco curiosa por saber cómo sería la casa de un hombre como Ethan, no había protestado mucho cuando él se lo había sugerido.

Había esperado que la casa de Ethan fuera parecida a su oficina; un entorno moderno, de cristal y cromo. Pero tal vez debería haberse dejado guiar mejor por el jardín de la azotea.

La casa y la finca no tenían nada de moderno. Era un lugar encantador y retirado, con un pequeño bosquecillo atravesado por el camino de entrada que conducía directamente hasta la puerta de una enorme casa de estilo francés.

Dentro no era menos espectacular, pero no de un modo ostentoso ni convencional. Aunque había pocos muebles, las habitaciones eran cálidas y de aire rústico, con mucho ladrillo y suelos de madera.

Mary dio otro sorbo de agua de limón mientras disfrutaba de la cálida tarde de verano en la enorme terraza que llegaba casi hasta la orilla del lago privado.

—Pensé que deberías ver el sitio con el que tendrás que trabajar —dijo Ethan mientras daba el último bocado de pollo.

Mary asintió.

—Es muy amable por tu parte, Curtis.

En ese momento se levantó una brisa repentina que empujó las pocas hojas que habían caído de los árboles hasta el borde de la terraza y de allí al agua.

—Oye, pensaba que ya habíamos hablado de esto en la tienda de bebés. Me ibas a llamar Ethan...

—Sólo accedí para que no siguieras hablando.

—¿Cómo? —dijo él, muerto de risa.

—Estabas sacando a colación el pasado, y a mí no me interesaba hablar de ello.

—De un pasado muy reciente.

Ella trató de aparentar confusión.

—¿Ah, sí? A mí me parece que ha pasado mucho tiempo ya, como si no hubiera pasado incluso.

Él le miró el vientre con cierta irritación.

—Bueno, pasar ha pasado, Mary.

Ella se sonrojó de nuevo, pero trató de mantenerse impasible.

—¿No tenías que mostrarme una habitación?

Él suspiró.

—¿Vamos, Mary, podríamos hacer las paces? ¿Tal vez incluso empezar de nuevo? ¿Ser amigos, quizás?

En los confines de su despacho, donde había sido capaz de acordarse de quién era él, se había sentido más segura. Pero allí, en su casa, rodeados de tanta suavidad y naturaleza, todo parecía distinto. Ethan tenía la piel más bronceada, y los ojos le brillaban como dos lagos cristalinos que la invitaban a sumergirse en ellos. Mary sintió que sus defensas vacilaban.

Dejó la servilleta y trató de no fijarse en la sensual curvatura de su labio inferior.

—No voy a fingir que somos amigos, ni siquiera que nos llevamos bien.

—De acuerdo. ¿Pero eres capaz de despreciarme por querer tener un hijo?

Ella se echó a reír, asustada de lo obtuso que empezaba a resultarle.

—¿Lo estás diciendo en serio...? Por supuesto que es comprensible y maravilloso querer tener un hijo; pero hacerle chantaje a una mujer que apenas conoces para conseguirlo, eso ya no es tan comprensible.

—Cierto —corroboró él en tono ronco.

—¿No tienes excusa que explique tu comportamiento?

—Ninguna.

Se miraron en silencio, cada uno más obstinado que el otro, y entre ellos saltaron chispas de deseo.

Finalmente, Ethan rompió el silencio.

—Vayamos a ver el cuarto.

Avanzaron el uno junto al otro por la casa y subieron al segundo piso por una escalera de caracol. Ethan había subido y bajado esas escaleras cien veces; por supuesto, siempre solo. La fiesta que celebraría en breve sería la primera vez que invitaría a un grupo a su casa. La idea lo asustaba un poco, aunque supiera que se trataba de la decisión más correcta de cara a los negocios. Si una persona iba a cambiar de compañía aseguradora para contratar una póliza para su negocio millonario, querrían ver al hombre que se ocuparía de ello en su hábitat natural.

—Escogí el cuarto que está al lado del mío —le explicaba Ethan mientras avanzaban por el pasillo–. Si él o ella me necesitara en mitad de la noche... –se detuvo un instante a la puerta y la miró–. Así se hace, ¿no? Se despiertan a medianoche y un tiene que ir a atenderlos.

–No tengo ni idea.

Mary observó la habitación vacía con sus paredes blancas y sus techos con vigas de madera.

–Imagino que tendrás ayuda.

–No voy a ningún psicólogo.

Ella suspiró y se volvió hacia él.

–No, Ethan; no me refiero a esa clase de ayuda.

–¿Entonces a qué te refieres? ¿A una niñera, o algo así?

–Sí, algo así.

Él negó con la cabeza.

–El niño sólo me necesitará a mí –dijo Ethan.

–Hace dos segundos has dicho que no sabías nada.

–Aprenderé.

–A lo mejor no podrás darle todo al niño. Quiero decir...

–¿Qué? ¿Qué quieres decir?

Ella apretó los dientes con fastidio.

–¿A ver, tú no crees que un niño necesita a su madre?

Su pregunta le dejó paralizado. Trató de no hacer caso, pero cuanto más intentaba controlarse, más rabia le daba.

–Al parecer, no –respondió con esa rabia que sentía.

Lo cierto era que él se las había apañado bien después de que su madre se largara de casa. Se había metido en algunos líos con la justicia, pero al final se había tranquilizado. Además, él había llegado muy lejos en la vida, y no gracias a su madre.

No, él y su hijo se las apañarían.

Mary presintió el inicio de aquel conflicto. No quería interesarse por Ethan, por su pasado o por lo que sintiera por su familia; pero el dolor que se reflejó en su rostro le resultó intrigante al tiempo que revelador. Jamás habría imaginado ver el atisbo de un niño atormentado tras la mirada extremadamente confiada de aquel hombre.

—Ethan —empezó a decir en tono suave—. No te voy a presionar con esto, pero...

Él se volvió hacia ella, levantó la barbilla y miró hacia el cuarto. No iba a hablar de su pasado con ella.

—¿Qué te parece la habitación?

—Es estupenda —respondió Mary con suavidad—. El sueño de cualquier niño.

—Me gustaría empezar a decorarla lo antes posible.

—Claro.

Él la miró de nuevo. Sus ojos eran de un azul tan intenso que Mary se quedó un instante sin respiración.

—¿Mary?

—¿Sí?

—¿Te importaría...? —se calló bruscamente y negó con la cabeza.

—¿El qué?

—¿Puedo tocarte?

Su dominio de sí misma, algo con lo que siempre había contado, se derritió como los últimos restos de nieve bajo un cálido sol de primavera.

—Quedamos en que...

—No es eso... —se acercó a ella hasta que estuvieron muy cerca—. Es tu tripa.

—Ah.

Él maldijo entre dientes.

—Sé que es una tontería, demasiado pronto; lo sé. Pero yo...

Ella se miró la tripa.

—Sí, es demasiado pronto.

—Lo sé, pero es que...

Ethan acercó su boca, esa boca tan sensual y cínica, al oído.

—De acuerdo —respondió ella como una tonta.

Mary cerró los ojos, pues no sabía cómo reaccionaría cuando él la tocara. Ethan le puso la mano en el vientre, y Mary sintió su calor que traspasaba la fina tela de algodón de la camisa. En su vientre no había ningún hijo, pero de todos modos experimentó algo muy intenso y especial. Se dijo que si él la tocara un poco más arriba o más abajo, entre los muslos, lo sería aún más.

—¿Estás bien? —le preguntó él cuando notó que ella se tambaleaba ligeramente.

Jamás había huido de nada en su vida, pero en ese momento tenía que salir de esa casa, alejarse de ese cuarto, de él.

—Tengo que volver a la oficina.

—Yo te llevo.

Ella ignoró la preocupación en su voz y se apartó de él.

—Acuérdate de que te he seguido hasta aquí.

—Tal vez deberías sentarte un poco —le sugirió él—. Pareces un poco...

—La primera fiesta es el viernes, ¿verdad? —dijo

ella mientras se pasaba la mano por la cabeza, como si así pudiera calmar sus temblores–. Si puedes enviarme la lista de invitados, mejor.

–Por supuesto –respondió.

Intentó tocarla de nuevo, pero ella se apartó.

–Gracias por el almuerzo, Ethan.

Pasó junto a él y avanzó deprisa por el pasillo, bajó las escaleras y salió por la puerta de entrada; hasta que no estuvo en la seguridad del interior del coche no respiró de alivio.

Capítulo Tres

–¿Qué está haciendo Olivia? –le preguntó Mary horas más tarde, de vuelta en la oficina.

A pesar de su confusión, el delicioso aroma a comida al entrar en la oficina había despertado sus papilas gustativas.

Tess, que estaba en el mostrador de recepción con un plato de esferas doradas bellamente colocadas, trató de sonreír; pero como tenía la boca llena, sólo pudo sonreír como un monillo.

–Bollos de pasas –dijo con un suspiro–. De arándanos. Cómete uno.

–Acabo de volver de comer, así que estoy llena.

–¿De verdad? ¿Demasiado llena para comerte uno?

Tess volteó los ojos y entonces agarró uno.

–¡Qué mala eres! ¿Por cierto, dónde está Olivia?

–Probando otra receta; esta vez de chocolate.

–Qué bien.

–Tiene que planear una merienda cena. Ese novio enfadado quiere algo bello y clásico para celebrar la pérdida de su prometida.

–Qué extraño y qué bonito al mismo tiempo.

–Tendrá más de sesenta invitados.

–También será bonito para nosotros.

Tess se echó a reír.

—Sí. ¿Dónde has estado?

Estaba claro que Olivia no le había contado nada de Ethan.

—¿Con ese nuevo cliente del que me ha hablado Olivia?

Más bien sí.

—Sí, con Ethan Curtis —respondió Mary mientras miraba las cartas sin abrir que tenía en la mesa—. Ethan Curtis, presidente de Harrington Corp., aspirante a la nobleza.

—¿Harrington Corp.? ¿No es ésa la compañía de seguros de tu familia?

Mary asintió.

—Lo era. Antes de que Curtis se hiciera con el control de las acciones.

—Es interesante que quisiera contratarte a ti —le dijo Tess con despreocupación mientras colocaba otro bollo de pasas en su plato.

—Mi origen insigne es lo que él está buscando —dijo Mary—. En muchos aspectos.

—Olivia ha dicho que es bastante apuesto.

—Bueno, supongo que sí.

—Como Colin Farrell muy bien afeitado y con el cuerpo de un obrero de la construcción; me parece que fue eso lo que dijo.

—Es increíblemente específico. Debió de verlo durante cinco segundos, creo yo.

—Pues si Ethan Curtis es así, ten mucho cuidado —dijo Tess en tono serio.

Una advertencia tan clara y seria de una mujer que raramente se mezclaba en los asuntos personales de los demás alertó de inmediato a Mary.

—No es más que un cliente, Tess.

—Sí, claro. Pero sabes que siempre es mejor estar

segura, chica. Si estás sobre aviso no sufrirás –tomó su bollo y señaló hacia Mary–. *Nunca conocerás el verdadero carácter de una persona o lo que en verdad persigue.*

Cada vez que Tess hablaba de ese modo tan misterioso, Mary se moría por preguntarle qué quería decir con eso y de dónde salía ese comentario suyo tan cínico. Pero las mujeres de NRR no hablaban del pasado. En cuanto a la preocupación de Tess por el carácter de Ethan Curtis, Mary no se engañaba. Pero el consejo de su socia era bueno. Después de lo que había pasado ese día, de lo que había sentido tan cerca de él, tenía que tener mucho cuidado, y adoptar la fachada formal que normalmente llevaba con tanta facilidad y comodidad.

–Tendré cuidado –Mary sonrió a su socia –. Pero, mientras tanto, el señor Curtis me ha dado cinco días para planear un evento un tanto ostentoso. Será mejor que me ponga manos a la obra –hizo una pausa con la vista fija en el plato de bollos–. Maldita Olivia –añadió entre dientes de camino a su despacho.

En otras ocasiones Ethan había contratado los servicios de una empresa de catering de la zona para organizar sus fiestas. La comida siempre había sido buena, aunque a veces irreconocible. Pero en su opinión tanto el menú como el servicio siempre le habían parecido impersonales. Durante años había aceptado los entremeses insulsos, los centros de flores exóticas y los camareros silenciosos porque había asistido a varios eventos con esa clase de ambiente y todo el mundo parecía estar siempre disfrutando.

45

Entonces le había pedido a Mary Kelley que planeara ese evento. Cuando ella le había enseñado el menú y los detalles de lo que había planeado, él se había quedado preocupado. ¿Apreciaría su acartonada clientela la visión de Mary?

Ethan miró a su alrededor y se dijo que se estaba preocupando por nada. En cinco días, Mary había trasformado el primer piso de su casa en un espacio de ambiente relajante, con velas, telas vaporosas y luces tenues; y en el césped que había más allá de la terraza había creado un precioso jardín de inspiración asiática. No tenía nada de ostentoso. En realidad, la fiesta era elegante, distinguida y confortable. Un grupo de simpáticos y amables camareros se paseaban entre los invitados con deliciosas combinaciones alcohólicas, tales como margaritas de jengibre, fruta de la pasión y pepinos, y deliciosas especialidades asiáticas, como costillas estofadas, atún con corteza de cilantro molido y patata dulce vietnamita con salsa de chile.

Rodeado de varios clientes y posibles clientes, Ethan estaba en su elemento, listo para hacer negocios; pero no dejaba de preguntarse dónde estaría Mary. Al principio de la velada había desaparecido para ir a cambiarse y había vuelto a aparecer antes de que el primer invitado llamara a la puerta.

Desde entonces a Ethan le había costado quitarle la vista de encima. En ese momento la buscó con la mirada y la vio charlando con dos parejas, más relajada y más sexy que nunca. Iba maquillada de un modo sofisticado y misterioso, y se había recogido el pelo con una cola de caballo muy elegante. Pero era la ropa que llevaba puesta lo que le excitaba más que ninguna otra cosa. Parecía como si acabara de salir de un desfile de modas de Nueva York. La camisa negra y la falda blanca y recta marcaban a la perfección unas piernas largas y una figura esbelta. Muy pronto no podría ponerse ropa así, pensaba Ethan con reflexión; porque muy pronto su vientre empezaría a crecer con el hijo de los dos, y las curvas empezarían a florecer.

Continuó observándola, mientras ella se dirigía a uno de los camareros que llevaba una bandeja llena de copas de aquellas margaritas verde pálido que tanto éxito habían tenido. Después de servir unas cuantas, Mary se abrió camino hacia Ethan y sus amigos del seguro, con la confianza y seguridad en sí misma reflejadas en sus ojos de aquel azul claro y limpio.

–Buenas tardes. ¿Están disfrutando de la velada?

Las personas que había alrededor de Ethan asintieron y elogiaron a los anfitriones con entusiasmo, y se rieron cuando Ethan declaró que quería comerse el último pedazo de costilla estofada y que iba a por ello. Ethan, que cosa rara se sintió de pronto posesivo entre el grupo de hombres solteros y casados, se llevó a Mary a la terraza, donde los invitados esperaban para dar una vuelta por el pequeño lago.

–No has dicho nada sobre todo esto... –Mary abarcó con un gesto lo que había alrededor.

–Está muy bien, muy bonito –dijo él con distracción.

La luz de la terraza resultaba aún más íntima que las velas que había dentro de la casa. Ethan la miró y se fijó en su cuello pálido de aspecto suave; y pensó en acercarse y darle un beso allí justo donde el pulso le latía con suavidad.

–¿Sólo bien? ¿No vas a decir nada más?

–Está igual de bien que todo lo demás –murmuró

Ethan mientras se acercaba un poco más a ella; tanto, que casi le rozó el pecho.

Ethan sintió un calor intenso que se extendía por su cuerpo.

—Quería decir si estás satisfecho con todo.

A unos cuatro metros de donde estaban ellos, en un costado de la casa, había una alcoba lo suficientemente oscura para que nadie los viera. Ethan quería llevársela allí y ver la pasión oscureciendo el tono de sus ojos mientras le quitaba la falda.

—La comida es estupenda, y la decoración de la casa está perfecta...

—Bien.

—Una fiesta estupenda, Curtis; lo mejor de lo mejor, la verdad.

Edwin Grasner, uno de los mejores clientes de Curtis, pasó junto a ellos con un plato de costillas adobadas en la mano; parecía que iba al embarcadero en busca de su esposa.

Las palabras de Grasner sirvieron para recordarle por qué sus invitados estaban allí. Para que le fuera más fácil seducir a Mary Kelley desde luego que no. Sería preferible hacerlo en su tiempo libre y cuando estuvieran los dos a solas.

—El éxito de esta velada no radica en lo mucho que la gente coma o beba, ni en lo bonita que esté decorada la casa, sino en la adquisición de nuevos clientes.

Mary parecía no entenderle, aun así, se mostró de acuerdo.

—Por supuesto.

Ethan asintió con la cabeza en dirección a una pareja de unos cuarenta años que estaban sentados a una de las mesas cerca del agua iluminadas con una vela.

—Son Isaac y Emily Underwood –le explicó Ethan–. Una familia de rancio abolengo.

—Sí, he oído hablar de ellos.

—Son dueños de veinticinco exclusivas hosterías repartidas por todo el Medio Oeste. Si uno consigue acercarse a ellos, se acercará al resto de la familia. ¿Tú crees que con tus esfuerzos de esta noche podrás pescar peces como ésos?

—¿Esto qué es? ¿Una reunión de negocios o el canal de caza y pesca?

—Tengo claro lo que quiero; y el noventa y nueve por ciento de las veces lo consigo.

Ella lo miró y negó con la cabeza.

—¿Te parezco arrogante?

—Arrogante, presuntuoso y falto de tacto.

Sus calificativos le dejaron seco.

—¿Alguna vez te callas lo que piensas?

—Un par de veces lo he hecho; pero es raro en mí.

Ethan no estaba acostumbrado a que le hablaran así, pero de ella no pareció importarle tanto como le habría importado de otras personas. En el fondo, su sinceridad y su candor le gustaban.

—¿Señor Curtis?

La pareja sobre la que Ethan acababa de hablarle se acercó a él. Los Underwood, rubios y bronceados, rezumaban discreta elegancia. También parecían muy enamorados, y sólo se soltaron las manos cuando Ethan y Mary les tendieron la mano para saludarlos.

Emily sonrió a Mary con una preciosa y cálida sonrisa.

—Tengo entendido que es usted la responsable de esta fiesta.

—Así es —dijo Mary en tono agradable—. ¿Están disfrutando de la velada, señora Underwood?

La mujer parecía confusa.

—¿Nos conocemos de antes?

—No, pero he oído hablar tanto de usted y de su marido, y por supuesto de las encantadoras posadas, por mis abuelos.

—¿Sus abuelos?

—Los Harrington.

La formal urbanidad se trasformó en un gesto de comprensión y respeto.

—Por supuesto. Debería haberme dado cuenta antes. La forma de los ojos es de su abuela.

Mary sonrió, pero como le pasaba siempre que alguien le sacaba parecido a su abuela, se le encogió un poco el estómago. No la despreciaba como hacía su padre; pero siendo ya mayor habría deseado que la compararan con su madre en lugar de con ella.

Ethan le apoyó la mano en la espalda, y ella se relajó inmediatamente.

—¿Han dado ya un paseo en barca? —les preguntó él, haciendo un gesto hacia el embarcadero. Cuando ellos asintieron, quiso saber si habían probado la comida.

Isaac se echó a reír.

—La comida es exquisita, Curtis. Tanto Emily como yo nos hemos aprovechado de todo lo posible de su hospitalidad —se volvió hacia Mary—. Debe darnos el nombre de su chef. Hay algunas cosas que he comido hoy y que me gustaría añadir a nuestros menús.

—Por supuesto —respondió Mary—. La chef es Olivia, una de mis socias. Les daré su número antes de que se marchen. Pero ahora, veo que los camareros están sacando los postres. No dejen de probar la crema catalana con pistacho y helado de naranja.

—Mmm, qué rica —dijo Emily con el entusiasmo de un niño.

Mary bajó la voz y añadió en tono de conspiración.

—Sabe a gloria —hizo un gesto hacia la casa—. Vamos, me aseguraré de que por lo menos se tomen una.

Emily se echó a reír.

—Por lo menos. Vamos, Isaac.

Antes de que Mary pudiera desaparecer, Ethan la agarró del brazo.

—¿Por qué les dejas marchar? Quería hablar con ellos...

—Relájate, Curtis —respondió ella con ojos brillantes y mirada pícara—. Volverán. Y porque quieran, no porque tú les hayas enganchado, metido a la fuerza en una barca y ahogado.

Igualmente sorprendido, Ethan la estudió.

—Muy bien.

Ella inclinó la cabeza.

—Gracias.

Ethan la siguió con mirada ávida, cuando ella se marchó con sus huéspedes para darles la crema catalana.

Algunos hombres con esmoquin parecían pingüinos altos; a otros se les veía incómodos y poco acostumbrados a vestirlo; Ethan Curtis lo llevaba como una segunda piel. Paseándose por el terreno de su finca, Ethan parecía un depredador en busca de sus víctimas, a quien parecía localizar con celeridad y precisión sorprendentes. Al final de la noche, varios posibles clientes se habían comprometido verbalmente a contratar los servicios de Harrington Corp., y como Mary había previsto, los Underwood habían vuelto a él como dos corderitos, y le habían dicho que querían verse con él en su oficina el lunes siguiente.

Mary encontró a Ethan en la cocina, con aspecto relajado y claramente complacido consigo mismo. Tenía una cerveza en la mano y charlaba animadamente con Jean Paul, el jefe de cocina, que se preparaba para marcharse.

De pronto, Mary se lo imaginó sin el esmoquin: su cuerpo musculoso y bronceado sobre el cuerpo caliente y flexible de una mujer, su cuerpo. Cerró los ojos para apartar esas imágenes de su mente. No le gustaba lo que sentía cuando pensaba en aquellas noches que habían pasado juntos. ¿Por qué no podía entender de una buena vez que esos momentos eran parte del pasado? Había notado que a veces la miraba con deseo, pero también que enseguida lo disimulaba hábilmente. Ni siquiera había comentado nada sobre su aspecto esa noche, y eso que se había esforzado por estar lo más guapa posible.

Agarró el bolso que había dejado en la encimera junto frigorífico. ¿Qué importaba? Ella era la que insistía en que no volvería a ocurrirle nada romántico. Se dio la vuelta y se dirigió a él en el tono más profesional posible.

—Bueno, hemos terminado. Si no tienes nada más...

Jean Paul se volvió con discreción hacia sus cuchillos, mientras Ethan la miraba con admiración.

—Muchísimas gracias por todo, Mary.

—De nada. Parece que ha sido todo un éxito.

–Totalmente.

Se plantó delante de ella. Sus ojos azul intenso brillaban como los de un tigre que acabara de comerse a varios cazadores para cenar. Sus labios sensuales se curvaron con una sonrisa que le dejó sin respiración.

–De hecho, muchos de mis invitados se están preguntando qué se te ocurrirá la próxima vez.

–Tendrán que esperar para eso.

–Yo también me lo pregunto –arqueó una ceja–. ¿Tengo que esperar?

Si Ethan se acercaba un poco más, ella perdería el control. Sin saber por qué se sentía tan aturdida, se apoyó disimuladamente en la encimera para no caerse.

–Podríamos hablar de los menús y los ambientes en cualquier momento.

–¿Qué te parece ahora? Yo no he montado aún en barca.

–No sé si los ayudantes se han marchado ya.

Él sonrió.

–Creo que soy capaz de remar solo.

–¿Ethan Curtis, dónde te habías metido? –dijo una voz femenina, ronca y sensual, detrás de Mary.

Ésta se dio la vuelta y vio a una mujer que parecía una modelo de *Playboy* con un ceñido vestido color naranja.

–¿Allisonn, de dónde sales? –le preguntó Ethan, más molesto que sorprendido.

–¿No dijiste que viniera a las once? No llevo reloj, pero juraría que he llegado a la hora prevista.

Su tono de voz y su lenguaje corporal rayaban en lo sexual.

Mary le oyó decir una palabrota entre dientes,

pero no se atrevió a darse la vuelta, sobre todo sabiendo que estaba colorada como un tomate de la vergüenza que sentía. Ethan tenía una cita; una cita para después de la fiesta. ¿Y por qué no iba a tenerla? ¿Por qué se sorprendía tanto?

—Espérame junto a la piscina, Allisonn —dijo Ethan en tono suave pero firme—. Aún no he terminado aquí.

Mary se olvidó de su rubor y miró a la rubia con rabia.

—¿Allisonn, no?

Ella sonrió.

—Con dos eles y dos enes.

Inteligente y bella, pensaba Mary con fastidio. Menuda combinación.

—No tiene que irse a ningún sitio; el señor Curtis y yo ya hemos terminado —se volvió hacia Ethan y le echó una sonrisa superficial—. Lo llamaré en unos días..., para hablar de la fiesta siguiente.

Se le puso mal estómago de la rabia que le dio; y mientras atravesaba rápidamente la casa y salía por la puerta, se dijo que era una boba por haber pensado en él de un modo romántico. Ethan era un egoísta y un consentido que no tenía ni idea de lo que quería.

—Mary, espera.

Ethan la alcanzó en el camino la agarró del brazo justo cuando iba a abrir la puerta del coche.

Ella se apartó de él con disimulo, para que él no viera lo que sentía.

—Yo tengo trabajo en casa, y tú tienes a Barbie esperándote junto a la piscina

—Hace semanas que quedé con ella. Antes de... —se pasó la mano por la cabeza—. No sé qué decir; es una situación de lo más extraña.

—Y que lo digas —respondió en tono seco—. Así que mejor que me vaya antes de que se ponga más extraña.

—No.

—No me van los tríos, Curtis.

—Ni siquiera sabía si te interesaba la pareja.

Mary lo miró con fastidio.

—Tú lo has dicho.

Le llevó un momento asimilar el significado.

—Si piensas que no quiero irme a la cama contigo nunca más, estás muy equivocada.

—Pues cualquiera lo diría.

—¿Y eso qué quiere decir?

—Apenas me has mirado esta noche —dijo Mary con expresión ceñuda—. Entonces aparece esa mujer que parece la modelo de una revista de cochinadas y se te salen los ojos...

—Sólo te veo a ti, Mary —la interrumpió en tono emocionado—. Recuerdo cada maldito detalle...

—¿Pero...?

—¿No fuiste tú quien dijiste que lo que pasó esas noches en el lago no volvería a ocurrir?

Mary detestaba que le echaran en cara la verdad.

—Sí —respondió mientras abría con mucho genio la puerta del coche.

—Y es complicado por lo que hicimos, por lo que hemos creado, ¿verdad? Por ser yo quien soy.

—¿Y quién eres? No te entiendo.

—El canalla que te hizo chantaje; básicamente eso.

A Mary le sorprendió que Ethan reconociera algo tan básico y vil.

—¿Y qué? ¿Te sientes culpable? —dijo ella mientras se metía en el coche y cerraba la puerta de un golpe.

—No.

–Pues claro que no. Lo que hiciste no te parece nada mal.

–No me siento culpable, eso es cierto –maldijo entre dientes–. Pero sí que siento deseos de proteger –se encogió de hombros con un gesto que mostraba lo sorprendido que él mismo estaba–. ¿No te parece muy extraño?

–¿Pero de proteger a quién?

–A ti, Mary, a ti.

–¿Me quieres proteger de ti mismo?

–Tal vez. No lo sé.

–Bueno, pues déjalo –dijo ella en tono mordaz–. El sexo no tiene por qué implicar ninguna emoción intensa, salvo la que sentirías viendo un interesante partido de fútbol.

A pesar de sus palabras, Mary sabía que él no las creía; ni siquiera ella las creía.

–Mary...

–Ve a demostrarle a Allisonn lo que he dicho –le dijo en tono dolido antes de dar marcha atrás y bajar por el tranquilo camino rodeado de árboles.

Capítulo Cuatro

Mary llevaba veinte minutos en la tienda de bebés, rodeada de telas, accesorios y ropa; pero aún no había sido capaz de elegir nada para el cuarto del niño.

Sabía exactamente la ropa que le gustaba, la cuna y el canastillo que quería, incluso los tiradores que escogería si todo aquello fuera real. Pero diseñar un cuarto para un bebé que no existía era casi imposible. Se sentía fatal, y quería dejarlo.

En ese momento entró en la tienda una joven pareja; ella estaba embarazada y tenía el vientre grande y redondo como una sandía.

Mary deseaba aquello. Una relación, un bebé de verdad... Pero eso era un imposible con Ethan Curtis. Mary regresó con el pensamiento a la fiesta y a cómo había acabado. En los últimos dos días sólo había pensado en Ethan y en esa rubia, y en su deseo de estar otra vez junto a él. Se preguntaba qué habría pasado después de marcharse ella. ¿Se habrían encontrado junto a la piscina, como había dicho Ethan? ¿Se habrían bañado juntos? Allisonn, con dos eles y dos enes, no le había parecido de esas mujeres que se echaran para atrás por no haberse llevado el bañador.

Mary se dio cuenta enseguida de que ese día no

iba a cundirle nada el trabajo allí en la tienda. Su estado mental le impedía concentrarse en la decoración del futuro cuarto de los niños. Si Ethan le preguntaba cómo iba, tendría que darle evasivas y...

–¿Mary?

Mary salía de la tienda. Al oír su nombre, levantó la cabeza y vio a una mujer de unos setenta y pocos años, elegantemente vestida con un traje de crepe azul marino y el cabello blanco retirado de la cara con un moño tirante.

–¿Abuela? ¿Qué estás haciendo aquí?

Grace Harrington miró a su nieta y arqueó ligeramente la ceja mientras se fijaba en los pantalones negros y en los zapatos de tacón algo usados que se había puesto ese día.

–La nieta de Pearl Edicott espera gemelos –le dijo su abuela en tono tirante–. Pearl tiene un gusto horrible. Menos mal que lo sabe.

–Menos mal.

Mary sonrió a pesar de sí misma. Mary sabía que Grace Harrington era una tremenda esnob; y si tuviera una pizca de sensatez, detestaría a su abuela. Después de todo, no era una mujer muy amable, y la mayoría de las veces encontraba alguna excusa para criticarla, ya fuera su peinado o su ropa. Y además Grace Harrington había cortado relaciones con su hija, la madre de Mary, cuando aquélla se había casado con Hugh.

A pesar de todo ello, Mary sentía cierto vínculo entre ella y su abuela, una extraña admiración por la mujer que iba más allá de su riqueza. Grace era inteligente, culta y siempre le gustaba decir lo que opinaba. Mary respetaba muchísimo todo eso. No solía tener relaciones muy cordiales con sus abuelos, pero eran de su misma sangre y siempre habían querido ser parte de su vida; y, cosa rara, su madre nunca le había impedido verlos.

Grace escogió dos trajes para bebé idénticos que costaban cien dólares cada uno y los observó con ojo crítico.

—¿Y tú qué estás haciendo aquí, querida?

—Diseñando un cuarto de bebé para un cliente.

—Ah, sí, tu negocio. ¿Qué tal te va?

—Estupendamente.

Grace se olvidó un momento de los trajes y se fijó en Mary con cara de estar extrañada.

—No será para uno de esos hogares en los que hay dos padres, ¿no?

—Esta vez no.

—¿Para una pareja? —chasqueó la lengua con desaprobación y no le dio la oportunidad de contestar—. Una madre que no quiere diseñar la habitación de su hijo. Qué cosa más moderna.

—En realidad, sólo es un padre —dijo Mary.

—¿Alguien que yo conozca?

Mary arqueó la ceja.

—¿Con cuántos padres que no tengan pareja te relacionas tú, abuela?

Grace la miró confusa.

—Con ninguno, que yo sepa —Grace vio una bonita toquilla azul y rosada hecha a mano y le dio la espalda a Mary—. Vaya, esta felpilla es preciosa. Me recuerda a la que tu madre llevó durante años; si la criada decía de lavarla, ella...

Grace se calló de pronto y carraspeó.

Mary se alegró de no ver la cara de su abuela en ese preciso momento, y aprovechó para cambiar de tema.

–En realidad, un bebé no es más grande que un muñeco, ¿verdad?

–Al menos durante un tiempo –respondió Grace en tono suave–. Pero antes de que te des cuenta han crecido y deciden qué se pondrán y con quién se casarán sin que tú opines.

–¡Aquí estás!

Una estentórea voz masculina interrumpió el ambiente de femineidad.

–Llamé a tu oficina y Olivia me dijo que...

–¿Ethan?

Tan ensimismada había estado conversando con Grace que ni siquiera le había oído entrar. Vaya. Aquello no le hacía nada de gracia.

Ethan vio a Grace y cambió el tono.

–Señora Harrington. Qué grata sorpresa.

–Lo dudo mucho –dijo la otra mujer en tono seco.

Antes de que su abuela relacionara al padre soltero con Ethan, Mary dijo apresuradamente:

–Estoy organizando varias fiestas para el señor Curtis.

–¿De verdad? –dijo Grace como si acabara de llegarle un mal olor–. ¿Cuándo te ha contratado?

En otras palabras, cuánto tiempo llevaba produciéndose aquello y por qué no había sido informada.

–Hará un par de semanas –respondió Mary.

–¿Y tiene una reunión contigo en esta boutique para bebés?

–No.

Ethan se dio cuenta de que Mary no sabía qué decir, y acudió en su ayuda.

–Habíamos quedado en el restaurante de al lado, pero vi a su nieta aquí y se me ocurrió entrar para adelantar. Como sabe, señora Harrington, tengo poca paciencia y aún menos tiempo. Estaba por la zona con un cliente y pensé en algo que debía hablar urgentemente con la señorita Kelley. Afortunadamente, ella ha accedido a verme aquí.

–Afortunadamente, decidió aceptarlo como cliente, señor Curtis –comentó Grace con frialdad.

Él hombre asintió.

–Su nieta tiene mucho talento.

–Eso es algo de lo que soy bien consciente.

–Y ya que sabe que su nieta va a organizar el evento, tal vez reconsiderará unirse al almuerzo del sábado.

–Tal vez –respondió Grace Harrington en tono tenso, antes de volverse hacia Mary–. Tengo que irme corriendo, querida.

–¿Y el regalo para los gemelos?

–Esta tienda es demasiado moderna para mi gusto, y sabes lo poco que me gusta eso –no tuvo que mirar a Ethan para que se entendiera lo que opinaba–. Tu padre ya no corre peligro, según tengo entendido.

–Sí –dijo Mary, sorprendida de que su abuela sacara ese tema, y mucho más sorprendida de que le preocupara siquiera.

–Un asunto desagradable como pocos. Desgraciadamente, nosotros no estábamos en posición de ayudarlo.

Después de darle dos besos a Mary sin rozarle las mejillas, Grace se marchó sin mirar siquiera a Ethan.

–Esa mujer no podría odiarme más ni aunque quisiera –murmuró Ethan.

–Oh, sí, podría, pero yo que tú no intentaría provocarla.

–Cualquiera diría que les he robado la empresa delante de sus narices.

–¿Y no fue eso lo que hiciste?

Él la miró con altivez.

–Harrington Corp. tenía problemas; la empresa había declinado mucho. Los clientes no estaban recibiendo el mismo servicio que antes y muchos amenazaron con marcharse con otra empresa. Yo no les he robado nada; si acaso he salvado la maldita compañía.

–Para mis abuelos ha sido como si se la robaras –Mary sacó su móvil del bolsillos y se lo enseñó–. Tú tienes mi número de teléfono, ¿no?

–Sí.

–¿No podrías haberme llamado en lugar de presentarte aquí sin avisar?

–¿Por qué? ¿Has sentido vergüenza por mi culpa? –le preguntó él en tono frío.

–No seas tan torpe, Curtis. Estoy en una tienda de bebés; he tenido que inventarme una historia para explicarle a mi abuela por qué estaba aquí, y luego por qué estabas aquí tú...

–Yo sí que me la he inventado –la interrumpió él.

Ella lo ignoró.

–Sabes que quiero llevar esto con discreción. Pensaba que tú también.

–Yo nunca dije que quisiera llevar nada con discreción...

–Hola –dijo la dependienta que llevaba media hora observando a Mary–. Ya ha llegado papá.

Ethan pareció feliz con el comentario y asintió.

–Eso es.

–¿Les apetecería a usted y a su esposa un vaso de limonada fresca antes de empezar?

Mary resopló con fastidio.

–No soy su...

–Sí, nos encantaría, gracias –la interrumpió Ethan antes de seguir a la dependienta a una zona donde había una pequeña barra.

Durante los veinte minutos siguientes Mary se sentó con Ethan y juntos estuvieron viendo lo que la dependienta les sacaba: mantas, colchas, patucos y gorros, bañeras y hasta discos compactos de nanas.

Mary decidió que si se quedaba allí un minuto más explotaría.

–Tengo que volver al despacho –le susurró Mary al oído.

Agarró el bolso y se dirigió hacia la puerta. Pero Ethan fue tras ella y la agarró del brazo.

–Tenemos que hablar.

–¿De qué? –le preguntó ella, tratando de no fijarse en el calor de sus manos.

–Del almuerzo.

–Llámame a la oficina y organizamos algo para mañana...

–No, yo soy el cliente. Tú puedes venir a mi oficina –dijo en tono seco, para que ella supiera que no pensaba ceder–. Te espero estar tarde a las cuatro y media.

Mary trató de aparentar calma mientras por dentro luchaba para dominar el deseo que sentía.

–Bien. A las cuatro y media.

–Pareces agotada.

Eso no era precisamente lo que más le apetece oír a una mujer cuando el hombre que le parecía tan atractivo le abría la puerta de su despacho para dejarla pasar.

–Gracias –murmuró Mary con sarcasmo.

Ethan sonrió y la invitó a sentarse en un sofá de cuero color chocolate.

–No gracias, estoy bien.

–No vamos a hablar del almuerzo si estás de pie. Al menos nos llevará un rato –añadió Ethan mientras se sentaba en el mullido sofá de cuero con una sonrisa en los labios.

–De acuerdo, ya me siento –suspiró Mary–. Vamos a empezar con el menú. Creo que deberíamos escoger un tema sureño. Olivia tiene un nuevo menú mexicano... ¡Eh, espera! ¿Qué haces?

Antes de que Mary pudiera impedírselo, Ethan le había quitado los zapatos y subido los pies sobre sus rodillas.

–Quiero que te relajes.

–¿Por qué?

–¿Y por qué no?

–Te diré por qué no. Estoy aquí por trabajo, no por pla...

Dejó de hablar tan bruscamente que Ethan la miró con más picardía si cabía.

–Si esto te sirve de ayuda –empezó a decir él–, darte un masaje en los pies cansados es parte del negocio. Técnicamente, sí.

–A ver qué vas a decir ahora, estoy deseando oírlo.

–Es mi negocio, mi trabajo; mi deber, si quieres llamarlo de otra manera. O al menos eso he leído.

Ella parecía sorprendida.

–¿Has estado leyendo cosas sobre...?

–El embarazo, sí señora –la interrumpió él.

–¿En serio?

Ethan asintió.

–Sobre el embarazo, sobre el cuidado del bebé, sobre el parto, el postparto, la lactancia...

–Vale, vale, es suficiente –dijo ella mientras se recostaba sobre el respaldo del sofá para disfrutar del masaje que Ethan le daba en la planta del pie con sus manos fuertes–. Pero no más de cinco minutos.

Él se echó a reír.

–He aprendido cosas muy útiles.

–¿Como cuáles? –preguntó Mary mientras trataba de mantener los ojos abiertos.

Su voz suave parecía arrullarla.

–Que las náuseas y los antojos son muy normales durante el primer trimestre del embarazo.

–Ah.

–Y también los calambres en las piernas y el agotamiento.

–Sí.

–Y el aumento del deseo sexual.

Mary abrió los ojos bruscamente, se incorporó y bajó las piernas al suelo. Tardó unos segundos en ahogar los estremecimientos de deseo que sintió en ese momento. Sintió una urgencia tan grande que lo único que deseaba era que él siguiera tocándola. Quería sentir sus labios besándola, su lengua...

–Como iba diciendo... –dijo casi sin aliento–. Comida sureña; tal vez del sudoeste o criolla. ¿Qué te parece crear el ambiente de un baile campesino de otoño para tu almuerzo?

–Un deseo sexual más acentuado no es nada de lo que te tengas que avergonzar, Mary.

Ella alzó la barbilla ligeramente.

–Nunca me he avergonzado de eso.

Entendió perfectamente lo que ella quería decirle, patente en el brillo de sus ojos y en la sensualidad con que entreabrió los labios inadvertidamente.

—¿Bueno, podemos volver al tema? —dijo ella en tono formal.

No pensaba dejar que ella evitara su mirada.

—Con Allisonn no pasó nada.

A Mary le dio un vuelco el corazón y tragó saliva nerviosamente. Quería decirle que la rubia no le importaba, pero él no la creería.

—No creo que ésta sea una conversación sobre el almuerzo que tengo que organizar.

—Mary —empezó a decir él con aquella voz sensual de barítono que ella recordaba de esas noches en el lago.

—Escucha, Curtis, lo que hagas en tu casa, dormitorio, piscina, etcétera, es cosa tuya. Vamos a seguir con esto, y ya está.

—¿Por qué eres tan dura?

—Malos genes —respondió de un modo tan sucinto que Ethan se echó a reír—. No de mis padres; ellos eran dos ángeles. Pero dicen que la actitud en las personas se salta una generación.

Él negó con la cabeza y la miró un instante; entonces se puso de pie y le tomó la mano.

—¿Quieres bailar conmigo?

—Déjate de bromas.

—Lo relacionaremos con el negocio. Enséñame lo que quieres decir con la idea ésa del cobertizo. Tendrá que haber también baile en mi terraza, ¿no?

—Sí, pero no hay música.

—Podría poner un poco de música, pero no creo que la necesitemos —se tocó la sien con el dedo índice—. Lo tengo todo aquí.

Ella se echó a reír, le tomó la mano y dejó que él tirara de ella y la abrazara.

–¿Ahora mismo está sonando la música country en tu cabeza?

Él fingió que su pregunta lo ofendía.

–Blues, cariño; a mí sólo me gusta el blues.

Sintió cómo los dedos de los pies se hundían en la gruesa alfombra de lana, y se dejó abrazar por Ethan. Él le rodeó la cintura y le acarició la espalda antes de estrecharla contra su cuerpo. Mary se sintió femenina e insegura; no quería que él la soltara, sino que se quedara junto a ella.

–No sé bailar –reconoció Mary.

–A mí tampoco se me da demasiado bien –dijo él–, pero sé dar vueltas y moverme un poco.

Sus ojos eran tan expresivos, tan vivos, que pasaban de la rabia al ardiente deseo en un segundo. Pero era cuando él la miraba con tanto anhelo que Mary se estremecía de arriba abajo.

Él se balanceaba adelante y atrás, apretándola con las caderas, con la palma de la mano pegada posesivamente a su mano. Mary experimentó una sensación tan potente, tan nueva, que el corazón se le salía del pecho. Estaba disfrutando, disfrutando con Ethan Curtis, el hombre que la había obligado a...

¡No! ¡Nunca disfrutaría con Ethan Curtis!

Cuando el ritmo del baile se hizo más rápido e intenso, Mary dejó de pensar. Con una sonrisa encantadora, Ethan la agarró de ambas manos y la empujó suavemente hacia delante; entonces le dio la vuelta y la estrechó contra su pecho, ella de espaldas a él.

Ella volvió la cabeza para mirarlo y sonrió al ver una chispa de humor en sus ojos.

–Si le cuentas esto a alguien no volveré a bailar contigo.

Mary se echó a reír con ganas y se dejó llevar, balanceándose de un lado al otro.

Cuando él la condujo despacio hasta el sofá, Mary lo soltó y se dejó caer sobre los cojines de cuero. Ethan hizo lo mismo, muerto de risa también. De momento ninguno de los dos dijo nada; entonces se miraron.

—Será mejor que tengamos cuidado —dijo Ethan.

—¿Por qué? —le preguntó Mary sin aliento—. ¿Qué quieres decir?

Él acercó su mano a la cara de Mary y le retiró un mechón de pelo color miel.

—Si no tenemos cuidado, tal vez acabemos divirtiéndonos juntos; o peor aún, a lo mejor acabamos gustándonos y todo.

Para deleite de Mary, el almuerzo tuvo lugar en un glorioso día de agosto. Los árboles habían empezado a cambiar de color, y el verde de sus hojas daba paso a las ricas tonalidades doradas, al rojo rubí y a los naranjas calabaza que apuntaban al otoño. Mary había vetado la idea de la comida criolla, pero la ambientación de baile campesino otoñal estaba fabulosa. Mientras se abría camino entre los invitados, que casi doblaban el número a los de la fiesta anterior, contempló su trabajo con una sonrisa de orgullo. Aparte del decorado, estaba la deliciosa comida: sopa de calabaza y salvia servida en pequeñas calabazas, pescado frito con salsa especiada de tomates verdes, panceta con mostaza y tartaletas de sandía y nueces pacanas de postre.

Todos parecían divertirse; y el ambiente tenso de los cócteles de los sábados por la noche a los que habitualmente asistían aquellas personas había quedado olvidado en aquella reunión alegre y distendida.

Las mujeres seguían luciendo sus diamantes, pero el vestuario escogido era mucho menos formal.

Mary vio a Isaac y a Emily Underwood, los dueños de las posadas de lujo, que se acercaban a ella, y esbozó una sonrisa de bienvenida. La pareja era ya cliente de Ethan.

—Hola. ¿Qué tal lo estáis pasando?

—Tienes una creatividad asombrosa, Mary —le dijo Isaac, señalando el patio.

—Gracias.

—Sí, es sorprendente —añadió Emily.

Isaac bajó la voz con aire misterioso.

—Aunque no tengamos que trabajar, la sensación de éxito puede recompensarnos con creces, ¿no te parece?

Mary frunció el ceño. Contrario a lo que pensaban los Underwood, ella tenía que ganarse cada centavo con el sudor de su frente. Los Harrington no la ayudaban nada, nunca lo habían hecho; y ella tampoco se lo había pedido.

—Es un gran éxito —le dijo Emily—. Sobre todo para Ethan. A partir de ahora todo el mundo querrá ir a sus fiestas.

—¿A partir de ahora?

Emily se puso colorada y un poco nerviosa.

—Bueno, lo que quería decir es que...

Isaac intervino rápidamente para ayudarla.

—Curtis es maravilloso, y tiene una lista de clientes que lo demuestra, pero en cuanto a sus habilidades sociales... En realidad no es uno de los nuestros, ya me entiendes.

Desde luego que lo entendía; y a Mary le entraron ganas de quitarle a Isaac la calabaza de la mano y verterle el contenido por la cabeza. Afortunadamente para todos, los Underwood vieron a otro grupo de acartonados elitistas como ellos a la barra del bar y se excusaron para unirse a sus amigos. ¿Por qué querría Ethan ser parte de aquel aburrido y exclusivo grupo?, se preguntaba mientras se dirigía hacia la casa. Paseó la mirada por el salón en busca de él, esperando encontrarlo con algún grupo de personas acaudaladas pidiendo consejo gratis; pero no estaba allí.

—¿Ha visto al señor Curtis? —le preguntó a uno de los camareros.

—Creo que está en la cocina.

—¿Solo?

—No, está todo el personal de cocina, señorita Kelley.

—Quiero decir, si estaba allí con alguien; con algún invitado —le preguntó con cierto nerviosismo.

El hombre negó con la cabeza.

—Yo no lo he visto con nadie.

De camino a la cocina, el ruido de los cacharros quedó ahogado por una voz chillona y crítica que Mary reconoció al instante: la voz de su abuela.

Se abrió la puerta y una camarera con aspecto avergonzado salió apresuradamente con una fuente de comida en la mano.

—Puede quedarse con la empresa de mi familia, contratar a mi nieta para que haga de anfitriona en sus fiestas e invitar a la *crème* de la *crème*, pero no por eso será jamás uno de los nuestros.

Interrumpir la conversación no le pareció bien. No quería avergonzar a Ethan más. Así que Mary se asomó por la rendija de la puerta. La cocina estaba llena de gente, entre cocineros y personal de servicio; y para colmo Mary vio que también estaban allí dos de las mejores amigas de su abuela.

–La clase no se compra –continuó Grace en tono cruel y lleno de odio–. Su procedencia queda patente en todos sus movimientos. No se equivoque, señor Curtis: el que se haya criado en un camping de caravanas es para usted como una segunda piel.

Todos los presentes se quedaron callados. Los jefes de cocina dejaron de cortar, y los camareros, horrorizados, trataban de mirar a cualquier sitio menos a Ethan.

Ethan, cosa lógica, estaba furioso.

–Sé exactamente de dónde vengo, señora Harrington, y estoy orgulloso de ello.

–¿De verdad? ¿Entonces por qué se esfuerza tanto en impresionarnos?

–Mi trabajo me impresiona lo suficiente para satisfacerme. Estas fiestas no son sino para aumentar mi cartera de clientes. Después de todo –añadió con una sonrisa pausada–, antes de llegar yo a la empresa, Harrington Corp. no sólo perdía dinero sino que estaba también a punto de perder el setenta por ciento de sus clientes.

Grace se quedó boquiabierta, y pareció como si no pudiera respirar. Las otras dos ancianas que estaban a su lado se quedaron igualmente impresionadas. Mary jamás había visto a su abuela derrotada, y cosa rara sintió lástima por ella; pero sabía que la mujer se lo había buscado. Grace Harrington sabía atacar, de modo que tal vez aprendiera también a tragar un poco.

Mary vio que Ethan tomaba una botella de cerveza del mostrador y la levantaba en dirección al trío de mujeres.

—Buenas tardes, señoras. Confío en que sabrán encontrar la salida.

Ethan se dirigía ya hacia la puerta, de modo que Mary se metió en una alcoba del pasillo y esperó a que él saliera de la cocina y pasara de largo.

Esperó un momento hasta que se marcharon su abuela y sus amigas, y fue en busca de Ethan. Más o menos intuía dónde podía estar.

Subió las escaleras y avanzó por el pasillo, sin saber lo que le diría cuando lo viera. La puerta del cuarto del bebé estaba cerrada, pero eso no la disuadió y entró sin llamar.

Ethan estaba tumbado de espaldas en el suelo, mirando por el enorme ventanal. La luz del sol iluminaba su apuesto rostro y su expresión pensativa.

Mary se sentó a su lado. A lo mejor Ethan no se había equivocado aquel día en su despacho, después de que bailaran sin música; tal vez había nacido entre ellos una suerte de amistad. Aunque después de lo que habían vivido juntos, las razones eran un misterio. Sólo sabía que entendía a Ethan un poco mejor que antes; y también creía comprender lo que lo impulsaba. Su madre había sentido algo parecido toda su vida, la sensación de no ser lo bastante buena, de no saber dónde estaba su sitio ni quién la quería de verdad por ella misma y no por su dinero.

—Tiene razón.

Las palabras de Ethan la sorprendieron, la devolvieron al momento presente.

—¿Quién tiene razón?

—Ella, tu abuela. No valgo más que la caravana en la que nací.

—Eso no es exactamente lo que dijo.

Mary sabía que parecía como si estuviera defendiendo a Grace, cuando precisamente no era eso lo que quería hacer. Sabía que su abuela había sido cruel y fría, pero Ethan también era capaz de serlo.

—Es lo que dijo, Mary. He oído distintas versiones de la misma diatriba; de mi ex mujer, o de mi propia madre. No parece importar lo mucho que trabaje —se encogió de hombros—. Jamás podré escapar de ello.

—Debes dejar de compadecerte de ti mismo, Ethan.

Él se sentó y la miró con frialdad.

—¿Qué dices?

—¿Qué te importa?

—¿Cómo?

—¿Por qué te importa lo que piensen los demás?

Ethan se olvidó de la rabia y negó con la cabeza.

—No tengo ni idea.

—¿Por qué no puedes estar satisfecho con la vida que has creado?

Los dos pensaron en el doble significado de su frase, y Mary supo que antes o después tendría que confesarle la verdad, decirle que no estaba embarazada. No quería amarlo. Él la había obligado a tomar algunas decisiones abominables... Sin embargo...

Le puso la mano en el hombro y en menos de un instante él le puso la suya encima.

—Bajo ese orgullo y esa arrogancia —empezó a decir Mary en voz baja— vive un hombre bastante honrado. Es lo que creo, no lo puedo evitar.

Él se inclinó hacia ella hasta que tocó su frente con la suya.

–¿Incluso después de todo lo que ha pasado?

–Sí.

Él la agarró del mentón y se lo levantó un poco; con gemido suave y lleno de deseo, Ethan empezó a besarla pausadamente. Mary separó los labios, succionó su labio inferior, hasta que él pronunció su nombre con voz ronca y la apretó contra su pecho.

Mary protestó cuando sintió que él se apartaba de ella.

–¿Te compadeces de mí, Mary? –le preguntó Ethan con la cara pegada a la suya.

Ella sólo deseaba sentir sus labios, su lengua, su piel; no quería más preguntas.

–¿Acaso importa? –le dijo en tono ronco.

Ethan se quedó callado un momento; pero sólo fue un momento. Gimió con frustración, cerró los ojos y empezó a besarla en el cuello hasta llegar otra vez a la boca.

–No...

Capítulo Cinco

A pesar de que estaba abierta la ventana, el ambiente dentro de la habitación se había caldeado. Ethan la besaba ardientemente, y su aliento era dulce y embriagador. Mary trató de recordar si había bebido algo de alcohol, pero sabía que sólo había tomado agua con gas en toda la mañana. Ethan ladeó la cabeza y derramó en ella todo su deseo, acariciándole con la lengua y los labios hasta que Mary estaba débil y jadeante.

Sin mediar palabra, Mary empezó a desabrocharse la blusa aunque le temblaban un poco los dedos. Necesitaba sentir su piel, y que él la acariciara. Sin dejar de besarla, Ethan sonrió al notar la torpeza y la urgencia de Mary.

—Deja que te ayude —le susurró él.

—Y quítame esto también —dijo ella mientras trataba de desabrocharse el sujetador rosa pálido.

—Dime lo que quieres, Mary.

—A ti.

—¿Quieres que me ponga encima de ti? ¿Que te roce los pezones con mi pecho?

—Quiero tu boca.

Él la mordisqueó en el cuello y la acarició con la frente.

—¿Quieres que te chupe los pezones, como he hecho con tu lengua?

—Sí... —susurró Mary muerta de deseo.

Él le quitó el sujetador con delicadeza y la tumbó sobre la mullida alfombra. Entonces se subió encima de ella. En ese momento el azul de sus ojos era intenso, la mirada ávida, casi desesperada.

—Ethan... —gimió Mary.

Ethan la miró, ardiendo en deseos de unirse a ella. Mary jamás había pronunciado su nombre con tal desesperación.

Empezó a acariciarle un pecho, pero como no era suficiente pasó a tocarle el pezón con suavidad primero, apretándoselo después, hasta que puso duro. Se le hacía la boca agua. La había saboreado antes, pero el recuerdo le había servido de muy poco esas semanas.

—Eres tan bella —le susurró mientras se abrazaba a su cuerpo cálido y empezaba a lamer el tierno pezón.

Ella arqueaba la espalda y gemía con deleite. Tenía la piel tan caliente, tan eléctrica, que Ethan no pudo contener su ardor.

—Ah... —murmuró Mary jadeando de placer—. Ah, Ethan, sí...

Ethan pasó a lamerle el otro pecho con la misma dedicación.

Ella movía las caderas como si él estuviera ya dentro de ella, donde él tanto deseaba estar.

Estaba tan ensimismado que empezó a mordisquearle el pecho alrededor del pezón. Los jadeos de Mary eran cada vez más intensos y sentidos, tanto como los latidos de su corazón. Quería que Mary alcanzara el clímax sólo lamiéndole y mordisqueándole los pechos; y sabía que estaba cerca, muy cerca. Pero en ese momento se oyeron risas y las voces de algunos de los invitados.

–¿Dónde crees que se ha largado Curtis? –dijo uno en ese momento.

–¿Habrá vuelto a la oficina? –sugirió alguien, echándose a reír.

Mary y Ethan se hicieron eco de la conversación y dejaron de besarse y acariciarse. Pasado un momento, Mary gimió de frustración, se apartó de él y empezó a vestirse.

Ethan la observaba.

–¿Ya está?

Mary asintió con evidente pesar.

–Tenemos que volver a la fiesta –dijo ella.

–¿Pero por qué?

–Pues porque se marchan.

–No me importa... –empezó a decir Ethan.

–Sí que te importa –dijo ella mientras terminaba de ponerse de pie y se colocaba bien la blusa–. Tenemos que aparecer y despedirnos de los que queden. No querrás que la gente piense que hemos desaparecido totalmente.

–Me da lo mismo lo que piensen –estaba tan excitado que lo único que deseaba era arrastrarla hasta su dormitorio y echar el cerrojo–. Quiero terminar esto.

–En otro momento.

Estuvo a punto de decirle que no quería esperar; pero ya conocía bien esa mirada de determinación en su rostro, y sabía que no debía presionarla para hacerle cambiar de opinión.

–No me olvido de ello –gruñó.

Cuando regresaron a la fiesta, por separado por supuesto, la mayoría de los invitados se había marchado. Quedaban aún unos cuantos extraños, y mientras Mary pagaba y daba las gracias a los camareros y cocineros, Ethan volvió con los últimos invitados.

Una hora después, Mary lo encontró en su despacho.

—Bueno, el consenso general es que todo el mundo se lo ha pasado muy bien.

—¿Todo el mundo? —preguntó significativamente, observándola con expresión intensa.

Ella se mordió el labio, señal de lo frustrada que se había quedado.

El mero gesto excitó aún más a Ethan.

—Debería irme.

—Quédate hasta el final —dijo él.

—Éste es el final. Todos los invitados se han marchado, incluso los camareros y el personal de cocina.

Ethan se arrellanó en el asiento.

—Quería decir hasta el final del día... hasta que amanezca y mi ama de llaves sirva el desayuno.

—Ethan...

—Podrías quedarte esta vez en mi cama, pero porque lo deseas.

Ella suspiró y cerró los ojos un momento. Cuando los abrió de nuevo, vio la misma mirada en sus ojos que había visto arriba. Sabía que no había terminado con él, ni tampoco lo que habían empezado horas antes; pero tampoco estaba dispuesta a acceder a quedarse con él.

—Lo siento.

Se dio la vuelta y salió de la habitación.

Su antigua lámpara de Betty Boop se encendió, y Mary gruñó de cansancio.

La cara de su padre, confusa y adormilada, la miraba con interés.

—¿Qué estás haciendo aquí, chica?

—Durmiendo.

—¿Por qué?

Mary miró el reloj a juego con la lámpara, ambos regalos de sus padres cuando había cumplido doce años.

—Porque son las cuatro de la madrugada.

Hugh se sentó en la cama y se pasó una mano por la cabeza.

—¿Por qué estás aquí y no en tu apartamento?

Exacto. Mary miró a su alrededor. En su dormitorio todo seguía en el mismo sitio, tal y como ella lo había dejado cuando a los diecinueve años se había buscado su propio apartamento. Sonrió al ver su álbum de *Xanadu* en un rincón de la vieja mesa.

Su padre se aclaró la voz, y Mary lo miró finalmente con expresión avergonzada.

—De acuerdo, he venido a refugiarme.

—¿Ah, sí? —dijo Hugh con expresión de sorpresa.

—De un chico.

En realidad de un hombre; de un hombre muy apuesto que quería llevársela a la cama casi tanto como quería aquel hijo que ella no llevaba en su vientre. Mary negó con la cabeza. Menudo lío.

—No me vas a contar por qué estás huyendo de ese chico, ¿verdad, mi niña?

Ella negó con la cabeza, como un niño terco. ¿Cómo iba a hacer eso? Su padre no entendería lo que había hecho y hasta dónde había llegado para protegerlo. O, peor aún, lo entendería a la perfección, se sentiría muy culpable y se deprimiría más de lo que ya lo estaba.

—Sólo necesitas estar un poco en casa para sentirte mejor, ¿verdad? —le dijo finalmente.

Ella sonrió de agradecimiento.

—Si no te importa, papi.

—Ya sabes que puedes venir cuando quieras, chica —hizo una pausa; parecía preocupado por ella—. No quiero que huyas de tus problemas muy a menudo. Si lo haces jamás podrás sentarte tranquilamente a respirar.

—Lo sé.

—Te quiero, hija.

—Y yo también, papá.

Cuando su padre salió del cuarto, Mary volvió la cabeza y se quedó mirando la misma luna que había visto cambiar de forma y de tamaño tantas noches durante su niñez. Lo que había empezado como el único modo factible de sacar a su padre de la cárcel, o al menos de evitarle que fuera juzgado, se había convertido en una pesadilla. Ethan y ella tenían una reunión la semana siguiente, y por muy difícil que le resultára, no pensaba huir más de la verdad. Iba a contárselo todo.

El viento del lago le despeinaba el cabello. Era domingo por la mañana, un día que solía reservar para leer tranquilamente el periódico mientras desayunaba ; pero cuando Ivan Garrison la había llamado para que fuera a ver su barca, Mary había aceptado enseguida. La realidad era que estaba deseando llevar a cabo algo de trabajo impersonal para no pensar en Ethan.

Después de ver su yate de veinticinco metros de eslora y de discutir con él los detalles de la fiesta, el capitán le había pedido que diera un paseo en el velero que ese mismo día participaría en la regata. Mary había subido a pocos barcos y le daba miedo marearse, pero después de tomarse unas pastillas para el mareo subió a bordo y se divirtió de lo lindo.

Cuando habían dado dos vueltas por el lago, Ivan tomó rumbo al puerto deportivo.

—¡Esto es maravilloso! —exclamó ella en voz alta para que se la oyera con el ruido del viento—. Creo que sus invitados quedarán muy impresionados, capitán.

Ivan le sonrió.

—Espero que no sólo por la fiesta.

Mary lo miró extrañada.

—¿Qué quiere decir?

—He decidido aceptar su consejo y convertirlo en una gala benéfica.

Mary asintió, pensando que finalmente el capitán había demostrado tener más corazón del que pensaban. Tendría que contarle a Olivia que no sólo era un playboy al volante de un Lamborghini.

—¿Ha pensado qué organización benéfica le resulta más interesante ?

—Alguna del cáncer, que es algo muy común.

—Cierto.

Ivan entró despacio en el puerto para atracar el velero. Mary se quitó el chaleco salvavidas y lo dejó sobre el banco.

—¿Qué le parece el Instituto de Investigación Contra el Cáncer? Más o menos lo cubren todo.

—Estupendo —Ivan miró hacia el muelle y entrecerró los ojos—. ¿Me espera a mí, o a usted?

Mary levantó la vista, y cuando vio lo que veía Ivan se le aceleró el pulso. Allí estaba Ethan, cruzado de brazos y con mirada asesina.

—Creo que me espera a mí.

Capítulo Seis

Al ver a Mary caminando hacia él por la pasarela del muelle, Ethan sintió una oleada de deseo que le atenazó las entrañas. Nunca había visto a ninguna mujer a quien una sencilla camiseta blanca y pantalones cortos rosas, como llevaba Mary en ese momento, le quedaran tan bien. Inmediatamente imaginó el roce de su piel y sintió sus manos agarrándole las nalgas. Aquella intensa reacción física se repetía cada vez más a menudo, y se preguntó si la única manera de librarse de ella sería llevándosela a la cama.

Con Mary Kelley todo era distinto. Había conocido a muchas mujeres, pero la necesidad que había sentido con las demás se había desvanecido enseguida. ¿Por qué deseaba emborracharse con el olor de su piel, abrirle los muslos y enterrarse en ella como lo deseaba? ¿Sería por el bebé, o sería algo más?

Se acercó a él con una sonrisa en los labios y mirada burlona.

—Ahora sí que me estás acechando oficialmente, Curtis.

—Bueno, uno de los dos tiene que proteger al bebé —murmuró él con mal humor.

—¿De qué estás hablando?

Él señaló el agua.

—Estás en aguas turbulentas sin chaleco y sin nada.

—¿En aguas turbulentas? —repitió echándose a reír—. Vamos, estamos en un lago; las aguas están muy tranquilas, aquí no hay peligro alguno.

Ethan miró al hombre que se acercaba a ellos.

—¿De verdad?

—Ay, por amor de Dios —exclamó Mary.

El dueño del yate pasó junto a ellos con una sonrisa y agitó la mano brevemente para despedirse.

—Lo llamo el jueves —le dijo Mary, agitando también la mano; entonces se volvió hacia Ethan—. Llevaba chaleco salvavidas, y el capitán... no es más que un cliente.

—El capitán... —repitió Ethan en tono burlón—. Por favor, no me digas que te ha pedido que lo llames así.

Mary lo miró con incredulidad.

—No nos metamos en las exigencias tontas de los clientes, ¿de acuerdo?

—Bien —murmuró de mal humor mientras la seguía por el muelle hacia el aparcamiento.

Cuando ella sacó las llaves del coche del bolso, le preguntó:

—¿Y dime, qué te trae por aquí?

—¿Tienes ya un médico?

Ella dejó lo que estaba haciendo y lo miró.

—¿Por qué? ¿Te ocurre algo?

Él no entendió su broma, y la miró con cara de pocos amigos.

—Haz el favor de ponerte seria.

—Tengo médico, Ethan.

—¿Para el embarazo, también?

Ella bajó la vista, y Ethan se preguntó si sería un tema demasiado íntimo para Mary.

—Sí —dijo finalmente—. Voy a un médico de cabecera, ¿por qué?

Él negó con la cabeza.

—Ése no vale. Necesitas un tocólogo.

Ella suspiró largamente y continuó caminando hacia el coche; pero al instante él estaba junto a ella.

—Lo digo en serio, Mary.

—Voy a ir a tu casa para quitarte todos esos libros y revistas. Una cosa es un masaje en los pies, y otra todo esto. Me parece que estás leyendo de más, y me haces sentirme incómoda.

Ethan hizo una pausa.

—Escucha, la esposa de un cliente mío es Deena Norrison.

—No sé quién es.

—Es una de las mejores especialistas en obstetricia y ginecología del país.

Cuando Mary llegó al coche y aún no había encontrado las llaves, parecía a punto de explotar. Pero parecía que Ethan no se arredraba.

—Ha accedido a verte.

—Tengo un buen médico, Ethan —le aseguró Mary mientras volvía a meter la mano en el bolso.

—Bueno no es suficiente; Deena es la mejor. ¿No crees que nuestro hijo se merece lo mejor?

—¡Ajá! —Mary sacó las llaves con gesto triunfante, pero la alegría le duró poco al ver la expresión firme de Ethan—. ¿Cuándo es la cita? Tengo la semana muy ocupada, y a la siguiente nos vamos a Mackinac Island.

—¿Qué te parece hoy?

—Hoy —repitió ella.

Mary sabía que se había quedado pálida.

—Ahora mismo.

Ethan le dio la mano y notó que estaba muy fría.

—No tienes por qué estar nerviosa; estoy seguro de que todo irá bien.

—¿Ahora?

—¡Qué bien! ¿Verdad? Es una mujer muy agradable. Te ha buscado un hueco a las cuatro. Te hará una ecografía y todo.

Mary negó con la cabeza.

—Pero...

No le dio tiempo a negarse. En cuanto escuchara el latido del feto y la mejor doctora del país le dijera que todo estaba bien, se relajaría.

—Vamos —le urgió él en tono suave mientras la conducía hacia su coche—. Te llevo yo.

El vestíbulo de entrada de la clínica de la doctora Deena Norrison parecía sacado de una revista de decoración.

Mary estaba sentada en uno de los cómodos sofás. A su alrededor, el aroma de las flores era un poco mareante, y Mary se llevó la mano a la frente.

—¿Estás bien? —le preguntó Ethan a su lado.

—No, no estoy bien.

Estaba mareada, tenía calor y le dolía la cabeza; y el desodorante que se había puesto esa mañana la había abandonado hacía rato.

—¿Quieres un poco de agua? —le sugirió Ethan.

La mujer que estaba en el mostrador de recepción les sonrió y muy educadamente les susurró:

—¿Señora Curtis?

—Vaya, lo que faltaba —murmuró Mary entre dientes.

—Eso podemos corregirlo después —le aseguró Ethan, antes de volverse hacia la recepcionista—. Está aquí.

—Dentro de un momento la vamos a llamar —les informó la mujer.

Mary empezó a imaginarse la camilla, los estribos donde tendría que colocar los pies, y soltó una risilla histérica.

–Tienes que relajarte –le sugirió Ethan con un susurro.

–Es fácil decirlo –respondió Mary mientras la recepcionista les pasaba una hoja para que rellenaran.

Cuando Mary empezó a escribir en la hoja notó que las letras le bailaban y tuvo que parar un momento, cerrar los ojos y respirar hondo.

La puerta de entrada se abrió y entró una mujer embarazada con el vientre muy grande; parecía totalmente agotada. Se dejó caer en una silla junto a Mary y suspiró ruidosamente. Cuando vio a Mary, sonrió.

–Aún le queda mucho, ¿verdad? ¿Cuándo le toca?

–¿Cómo...? Ah, sí...

Fue lo único que pudo decir. El corazón empezó a latirle con fuerza en el pecho y empezó a sentir náuseas. Necesitaba tomar el aire y calmarse un poco. Pensando que tal vez fuera a vomitar allí mismo, Mary se puso de pie, dejó los papeles en la mesa de centro y corrió a la puerta.

Cuando bajaba corriendo las escaleras oyó a Ethan que iba detrás de ella. Empapada en sudor, Mary llegó al vestíbulo, cruzó la puerta de entrada y salió a una zona de césped donde unas enfermeras almorzaban sentadas en un banco.

Apenas podía respirar. Se le ocurrió tirarse a la hierba, pero decidió pasearse mejor por el césped.

–¿Mary?

Ella no lo miró, ni dejó de andar.

–No puedo hacerlo.

–No pasa nada –le dijo él en tono tranquilizador.

Mary lo detestó por su interés. Era él quien los había metido en aquel lío.

—No tienes que entrar a que te vea si no quieres —dijo él—. Ve a tu médico. Sólo pensé que...

—No es el médico, Ethan.

—¿Entonces qué es? —como ella no dejaba de pasearse de un lado al otro, él la agarró de los hombros y la obligó a hacerlo—. ¿Qué pasa, Mary? —le preguntó de nuevo con verdadera preocupación.

Ethan retiró la mano de un hombro y le subió la cabeza para que lo mirara.

—Dime qué está pasando, Mary.

Ella sacudió la cabeza con expresión apenada.

—No hay bebé.

—¿Cómo?

—No hay ningún bebé.

Él se puso pálido.

—¿Ha pasado algo...? ¿Ha sido el paseo en barco, dime?

—No —ella lo miró a los ojos, esos ojos tan bellos e intensos—. Sólo quería salvar a mi padre.

De momento él no la entendió; pero segundos después la cara de incredulidad dio paso a una mezcla de confusión y reproche.

—¿No estabas embarazada?

La vergüenza le atenazó la garganta.

—No.

—No estabas embarazada... —repitió Ethan.

—Lo siento.

Ethan la miraba, furioso ya.

—Sí, es lógico que lo sientas —apenas podía hablar de lo rabioso que estaba por dentro.

—Ethan.

—Debería haberme dado cuenta.

—Ethan, por favor, yo...

Pero él ya no la oiría. Se había dado la vuelta y se alejaba de ella con grandes zancadas, en dirección al coche.

Mary, que se sentía muy mal. Se sentó en un banco a una mesa de madera y observó a Ethan saliendo del aparcamiento en su BMW, acompañado del chirrido de las ruedas.

Capítulo Siete

Veinte minutos después, Ethan cruzaba las verjas del viejo muro de piedra del camping de caravanas donde se había criado.

La casa rodante que su padre había vendido justo antes de morir parecía haber sido remodelada, como si los dueños hubieran querido trasformarla en un hogar más bonito. Estaba recién pintada, tenía un lugar para el coche y un bonito jardín vallado.

—Menos mal —murmuró Ethan entre dientes antes de apagar el motor y de abrir un poco la ventanilla.

Qué ironía. A los dieciséis años le había faltado tiempo para irse de allí. Entonces tenía grandes planes y muchos sueños, y se había prometido a sí mismo que jamás volvería a poner allí los pies. Pero allí había acudido, como las moscas a la miel. ¿Cómo era posible que se sintiera mucho más cómodo aparcado a la puerta del que había sido el trailer de su padre que en su casa o en su despacho? ¿Cómo era que allí podía respirar? El aire olía a humedad y un poco a moho; nada había cambiado.

Se pasó la mano por la cabeza. Debería haber esperado que Mary le mintiera. Nunca podía fiarse uno de los demás; ni siquiera de uno mismo. ¿Por qué no se había dado cuenta después de tantos años? Tal vez porque pensaba que merecía tener una familia, que era lo suficientemente bueno para tener un hijo con una Harrington.

Un hombre fuerte de unos treinta y pocos años salió de la casa. Cuando vio a Ethan levantó la mano y lo saludó con recelo. No era la primera vez que veía a Ethan allí con el coche aparcado, pero jamás había llamado a seguridad. Seguramente pensaba que si la situación se ponía fea podría arreglarlo él solo. Después de todo, era un grandullón.

Ethan, que no quería meterse en más líos, arrancó el motor de su deportivo y volvió al mundo que se había creado para sí.

Los lunes solían ser el mejor día para Mary, pues se sentía descansada después del fin de semana y emocionada de volver al trabajo. Sin embargo, ese lunes estaba agotada y nerviosa, una combinación horrible.

La primera persona que vio al entrar en la oficina fue a Olivia. La preciosa morena estaba sentada a la mesa de recepción, algo que le gustaba hacer antes de que Meg, la recepcionista, llegara a las nueve.

—Hola, señorita Kelley. Llegas muy temprano —dijo en tono alegre.

—Veo que no soy la única.

—Tengo que devolver algunas llamadas, y quería hacerlas cuanto antes —Olivia miró a Mary con los ojos entrecerrados—. ¿Has dormido bien?

Mary suspiró, dejó el vaso de café en la mesa de recepción.

—Creo que me quedé dormida entre las cuatro y la seis.

—¿Por trabajo... —Olivia vaciló y se mordió el labio— o por otra cosa?

Mary contempló la posibilidad de contarle a Olivia toda la historia entre Ethan Curtis y ella. Sólo quería desahogarse un ratito con una amiga. Pero para bien o para mal, las socias de NRR nunca hablaban de esos temas entre ellas; aunque Mary se preguntó si alguna de las otras dos habría querido hacerlo también y, como ella, habría tenido miedo de que ello pudiera afectar su negocio.

—Estuve trabajando hasta bien tarde —dijo Mary finalmente—. El capitán es muy exigente.

Olivia se echó a reír con júbilo.

—Parece un tipo semihonrado, a pesar de los millones y de su fama de vividor.

—En realidad lo es. ¿Te he dicho que va a donar toda la recaudación de la gala de la regata a la caridad?

—¿Sería poco caritativo por mi parte decir que hace lo que debe?

Mary se echó a reír, a pesar de que fuera una risa algo forzada.

—Ivan está bien. Aunque parece que tuviera serrín en la cabeza.

—No es de extrañar —dijo Olivia con sarcasmo—. ¿Ha heredado la riqueza?

—Sí.

Olivia volteó los ojos y se puso de pie.

—¿Te apetece comer algo? —le ofreció mientras se metía en la cocina—. He hecho bollos de arándano azul, y no es por darme importancia, pero los del despacho de abogados del piso de abajo vinieron a preguntarme de dónde salía ese olor tan rico.

A Mary le sonaron las tripas al pensar en la comida.

–A lo mejor me como uno dentro de un rato –dijo dispuesta a meterse en su despacho.

–De acuerdo. Ah, oye, Mary.

–Sí –respondió desde dentro del despacho.

–Ha llamado el señor Curtis.

Mary sintió que se le formaba un nudo en el estómago nada más oír mencionar su nombre, y de pronto le costaba respirar. No habían hablado desde el sábado, desde que se había derrumbado en el aparcamiento.

Asomó la cabeza por la puerta del despacho.

–Deja que adivine –dijo con una sonrisa débil–. Ya no requiere mis servicios.

Olivia, que tenía una sartén en una mano y un huevo en la otra, parecía perpleja.

–No. En realidad me ha preguntado si podrías pasar por su casa a las cuatro y media.

–¿Cómo?

Sin duda, no había oído bien a Olivia.

–A las cuatro y media –repitió su socia–. En su casa.

–Ah, de acuerdo.

El corazón le latía tan deprisa que sintió que le dolía incluso.

–¿También es uno de esos cretinos que lo ha heredado todo, Mary?

Mary negó con la cabeza.

–En realidad es un hombre que se ha hecho a sí mismo.

Mary se sentó a su mesa con nerviosismo. Tenía claro que él la había llamado para prescindir de sus servicios. ¿Pero y si quería volver a presentar cargos en contra de su padre?

La ansiedad y las náuseas del día anterior volvieron con fuerza, y bajó la cabeza para apoyarla sobre la mesa. En la semioscuridad de su despacho, Mary vio dónde había plantado la cabeza: en los planes para el cuarto del bebé que Ethan le había encargado; un dormitorio que ni siquiera había empezado a planear.

Apartó con rabia los papeles de la mesa y los tiró a la papelera.

El ama de llave de Ethan, Sybil, a quien Mary sólo había visto un par de veces con anterioridad, le abrió la puerta con expresión enfadada.

—Hola, señorita Kelley.

—¿Cómo está, Sybil?

La mujer suspiró cansinamente.

—El señor Curtis está en la sala de juegos. Permítame acompañarla hasta allí.

—¿Sala de juegos? —repitió Mary extrañada.

Había estado varias veces en casa de Ethan, pero jamás en la sala de juegos.

Sybil volvió la cabeza y volteó los ojos.

—Es donde va cuando está meditabundo y melancólico.

Mary trató de disimular su extrañeza. ¡Le costaba tanto imaginar a Ethan de ese modo!

Cuando llegaron hasta una puerta, Sybil llamó y se volvió hacia Mary.

—Ya hemos llegado.

—¿Paso? —le preguntó Mary cuando no oyó respuesta.

Sybil asintió.

—La está esperando.

Cuando la mujer se marchó, Mary giró el pomo y

abrió la puerta. Durante al menos treinta segundos después de entrar en la habitación amplia, Mary pensó que acababa de acceder a la fantasía de un niño.

Era una habitación en forma de un cuadrado perfecto, con ventanas en una de las paredes que daban al patio y al lago. La mitad de la habitación estaba llena de juegos recreativos; y como ella también era una fan de ese tipo de juegos, inmediatamente reconoció algunos de ellos. La parte izquierda de la habitación no podría haber sido más distinta, ya que era un despacho con un moderno escritorio y mobiliario en cromo y gris antracita; y a la mesa estaba Ethan, leyendo el periódico.

Sintió deseos de levantarse y marcharse antes de que él notara su presencia allí. Pero Mary entró en la habitación y se colocó junto a la mesa de futbolín.

—Menudo lo que tienes aquí montado.

Aun escondido tras las páginas del *New York Times*, Ethan murmuró un terso:

—Éstas son todas las cosas que no pude permitirme cuando era niño. Ahora que puedo, quería tenerlas.

Mary Kelley no era un genio, pero no hacía falta serlo para saber lo que él quería decir: se había criado sin apenas nada y quería darle todo lo que él no había tenido a su hijo. Al hijo que había pensado que venía en camino. Y le había hecho chantaje a ella para tener ese hijo.

De pronto entendió el enfado de Sybil, y ella también volteó los ojos. ¿Por qué no podía estar como cualquier hombre, ahogando sus penas en alcohol?

Giró los mangos de la mesa del futbolín.

—¿Juegas?

—No suelo jugar —le dijo sin apartar la copia del *Times* de su rostro.

Ni tampoco ella, de modo que ya estaba harta de aquel juego.

—Oye, querías verme, ¿no?

—Sí.

Ethan retiró el periódico bruscamente, y Mary lo vio por primera vez desde que a la puerta de la consulta le había dicho la verdad. Se puso de pie y fue hacia ella; parecía un diablo, lleno de determinación y fiereza, con el pelo de punta y los ojos tan llenos de una necesidad de hacer daño. Se acercó mucho a ella, la miró a los ojos y le dijo en tono duro:

—Jamás he sentido tanta indignación con nadie.

Cosa rara, espoleada por sus palabras, Mary se calmó de pronto y ya no tuvo miedo de lo que él pudiera hacerles a ella y a su padre. En ese momento sólo entendía la necesidad de devolver el golpe.

—Conozco esa sensación. La sentí hará cosa de un mes. Pero entonces estábamos en tu despacho, no es tu sala de juegos.

Ethan echaba chispas por los ojos.

—Lo que has hecho es más que una bajeza.

—Tienes razón.

—Y no tienes nada que decir.

—Sólo esto. ¿Necesito acaso recordarte que prácticamente me forzaste a que...?

—Jamás te he forzado para que hicieras nada —la interrumpió en tono amenazador—. Tú quisiste...

—¿Querer? —lo interrumpió ella—. ¿Qué otra cosa podía hacer? ¡Dímelo!

—Podrías haberte marchado.

—¿Y dejado que mi padre fuera a la cárcel? —lo

miró con rabia–. Jamás. Pero tú no comprendes esa clase de devoción, ¿verdad? Jamás has amado tanto a nadie; tanto que haces cualquier sacrificio por ellos.

Él se fijó en su vientre.

Ella negó la cabeza, pero no pensaba compadecerse de él.

–No, Ethan Curtis. Eso no fue un sacrificio. Fue la necesidad de conocer, una medalla de sangre azul que colgarse al cuello para que finalmente sintieras que valías la pena.

Mary estaba muy enfadada, y él parecía a punto de explotar, pero ella no se arredró.

–Al menos el niño habría pertenecido al club de las familias de alcurnia, ¿verdad? Y tal vez por asociación, también tú –le gritó ella, frustrada consigo misma y con él–. Ellos no creen en la relación, sólo les importa la sangre. ¿Puedes enterarte de una buena vez?

Cuando ella terminó de despotricar, se quedaron los dos allí cara a cara, respirando con fuerza. Su mirada parecía menos fiera de pronto, y Mary se preguntó si finalmente habría conseguido algo con él. Pero él no le respondió; claro que ella tampoco lo había esperado. Ethan tenía demasiado orgullo. En lugar de eso, hizo lo que haría un hombre de negocios brillante; se lanzó a la yugular.

–Te estarás preguntando si voy a presentar cargos contra tu padre ahora, ¿verdad? –le dijo en tono sereno.

Mary no pensaba negarlo.

–Por supuesto.

–Pues no voy a hacerlo.

Ella se quedó sorprendida.

–¿Por... Por qué...? –balbuceó.

Él se apartó de ella mientras se encogía de hombros con naturalidad; se acercó a la mesa de hockey aéreo, tomó una pala y la examinó.

—He decidido cerrar ese capítulo.

Mary no podía contener su alivio al pensar que su padre no tendría que preocuparse de nuevo por la cárcel o presentarse ante los tribunales. No pensaba darle las gracias a Ethan, pero desde luego le pareció que le habían quitado un peso de encima.

—Pero sí que quiero algo de ti.

Las palabras de Ethan la alarmaron de nuevo.

—¿El qué?

—Que hagas lo de Mackinac Island.

Ay, no. El viaje a la preciosa isla de Michigan. Se suponía que debía planear una fiesta para celebrar allí, y hacer de anfitriona. ¿Pero cómo iba a hacerlo ya?

—¿Quieres que te recomiende a alguien en mi lugar? —le preguntó esperanzada.

—No.

—No dirás en serio lo de que yo...

Él dio un golpe con la pala en la mesa y la miró con rabia.

—Créeme cuando te digo que preferiría llevarme a una pitón a este viaje. Pero ahora tienes muy buena fama, y necesito que esa fiesta salga a la perfección.

Ni hablar. No lo haría. Entre ellos habían pasado demasiadas cosas.

—No.

—Me lo debes, Mary.

—No te debo nada —Mary se puso muy derecha y apretó las piernas para que no le cedieran.

Él bajó la voz y apretó los dientes.

—No creas que no retomaría de nuevo el tema de tu padre si tuviera que hacerlo.

Ella negó con la cabeza, sabiendo que estaba entre la espada y la pared.

—El chantaje se te da de maravilla.

Él arqueó una ceja con expresión irónica.

—Tengo que proteger mi negocio como sea.

—Está claro.

—Tú harías lo mismo, Mary. El mío es un negocio administrativo; el tuyo personal.

La idea de que pudieran parecerse en modo alguno le heló la sangre, pero Mary sabía que no tenía mucha opción.

—Éste será nuestro último negocio juntos.

—Después de que se marche el último de mis invitados, señorita Kelley, tú y yo podemos hacer como si no nos conociéramos de nada. ¿Qué te parece?

—Perfecto.

Capítulo Ocho

El aeropuerto estaba hasta los topes, pero Mary se abrió paso entre el público con la fiera determinación de una mujer que se dirigía a la guerra. Según el itinerario que la secretaría de Ethan le había enviado la mañana anterior, el plan era volar a Chicago, de allí al aeropuerto de Pellston en Michigan, y por último tomar un taxi hasta el ferry de Mackinac Island. Después de cómo habían terminado Ethan y ella, le sorprendió que Ethan hubiera insistido en que volaran juntos.

Después de pasar el control policial, Mary se dirigió a la sala de embarque para encontrarse con Ethan.

Hizo una mueca al retirarse el equipaje de mano del hombro para dejarlo sobre una de las sillas de plástico.

La gala de la regata del día anterior había sido todo un éxito porque el capitán había recaudado mucho dinero para el Instituto de Investigación del Cáncer, pero Mary se había olvidado de ponerse protector solar y se había quemado bastante.

El dolor pareció hacerse más intenso al ver a Ethan que iba hacia ella, con aspecto relajado, vestido con camisa blanca de manga larga y vaqueros. Su imponente figura y su mirada de águila parecía ahuyentar a los demás viajeros de su camino.

—Señorita Kelley.

Ella sintió que su cuerpo la traicionaba de inmediato, puesto que se estremeció al oír su voz profunda y aterciopelada.

—Señor Curtis.

—Tiene buen aspecto —comentó él, aunque apenas se fijó en su camisa polo de rayas o en sus pantalones pirata blancos.

—Ah... gracias —murmuró con cierto sarcasmo.

Ethan ignoró el tono y le pasó un sobre grande.

—Me he tomado la libertad de proporcionarle un dossier de los clientes en potencia que vamos a ver, de lo que les gusta y no les gusta, de sus preferencias en la comida y de sus aficiones.

—Estupendo.

Mary no pudo evitar fijarse en las miradas de deseo que le echaban las mujeres al pasar; no era de extrañar que fuera tan arrogante a veces.

—En cuanto al personal que hay que contratar para la fiesta, tengo una lista de los mejores.

—Ya me he puesto en contacto con varias agencias de trabajo de la isla —le informó Mary con orgullo—. Sé a quién voy a contratar, y ya he hablado con la mayoría del servicio.

Ethan arqueó las cejas, pero se mostró de otro modo impresionado por lo que había hecho Mary.

—Parece que siempre queda encima, ¿no es así?

Mary no sabía si la estaba elogiando o si sus palabras eran un insinuación sexual; pero de todos modos le echó una mirada desafiante.

—Soy buena en mi trabajo, eso es todo.

—Todo es simulado.

—¿Cómo dice?

—¿Una agencia de esposas de alquiler, Mary? —afirmó, como si eso lo dijera todo–. ¿Qué es sino fingir ser otra persona?

Mary se quedó un momento en silencio, su ira moderada por la observación.

–Sabe, creo que aún tiene esperanzas, Curtis.

–Supongo que ahora me toca a mí sorprenderme.

–Si es capaz de ver a la farsante en mí, será capaz de verlo en usted mismo muy pronto.

Antes de que Ethan pudiera reaccionar a sus palabras, una mujer se acercó a ellos con una sonrisa en los labios.

–Señor Curtis, puede embarcar si así lo desea. La cabina de primera clase está lista.

–Gracias.

Lista para seguirlo, Mary se echó su bolsa al hombro.

–¿Lo acompaño, o vamos a embarcar por separado?

Ethan sonrió levemente e hizo un gesto con la cabeza hacia la tarjeta de embarque de Mary.

–Será mejor que mire primero el asiento que le han asignado.

Confusa, Mary bajó la vista al billete que tenía en la mano. Cuando la levantó de nuevo, Ethan ya estaba de camino a la puerta. Qué bonito. Mientras a él lo mimaban con toallitas calientes y galletas de chocolate en primera clase, ella tendría que compartir un baño con otros cuarenta pasajeros en clase turista.

–¿Qué te pasa en el cuello? –le preguntó Ethan cuando estaban a bordo del ferry, de camino a Mackinac Island.

–No es nada –gruñó ella.

–Y un cuerno –respondió mientras se paseaba por la cubierta–. Te estás moviendo como un robot.

Ethan estaba lleno de cumplidos, y ella tuvo ganas de sorprenderlo.

–Es un tirón, nada más.

–No puedes tratar con ningún cliente así.

–Se me pasará, ¿vale? Relájate.

–¿Cómo te ha pasado?

Una ráfaga de viento le despeinó el cabello, y Mary trató de caminar con normalidad, para que se le pasara el entumecimiento.

–¿De verdad te interesa? ¿Por qué no te vas dentro a tomarte un café o un bourbon y me dejas que me quite yo sola las molestias musculares?

–Me preocupa, ¿vale? –le dijo el tono seco–. ¿Qué demonios pasó en el vuelo?

Ella suspiró, se paró y lo miró.

–Un hombre muy grandote decidió echarse una siesta apoyado en mi hombro, y por mucho que lo empujé, lo zarandeé y le di codazos, no fui capaz de despertarlo. Así que he estado en una posición horrible durante dos horas. Me pregunto si tendrán quiropráctico en la isla.

Ethan la miró.

–¿Qué pasa? –preguntó Mary.

–¿Le has dado un codazo a alguien?

Ella suspiró cansinamente.

–No, sólo le di unos golpecitos con la goma de un lápiz –Mary sabía que habría querido darle mucho más fuerte–. Pero no creas que sirvió de mucho, porque para colmo empezó a roncar todavía más. Y ya no te cuento de la mujer del otro lado.

–¿También le diste con el lápiz?

–No, pero lo pensé. Su problema es que la había abandonado el desodorante.

Él la miró con un rastro de humor.

–No me voy a compadecer de ti.

–¿Y quién te lo ha pedido? –le respondió ella en tono burlón, mientras intentaba por todos los medios empezar a caminar de nuevo.

–Tu sitio está en la clase turista.

–Eso ya lo sé, señor Curtis. Soy una empleada, y no me importa. Tanto en el trabajo como en la vida sé quién soy y cuál es mi lugar, y lo acepto totalmente –dijo–. No como otras personas –añadió sin poderlo remediar.

–¿Qué se supone que quiere decir eso? –le preguntó cuando llegaron a la barandilla.

Mary, que sólo quería hacerle un comentario y no pelear con él, se asomó por la baranda al mar picado.

–Fíjate en el agua...

–Sea lo que sea, dilo ya –dijo él con impaciencia.

Ella suspiró y se volvió hacia él.

–Sólo es una idea, pero tal vez si dejas de intentar ser alguien que no eres, podrías disfrutar más de tu éxito. A lo mejor no tendrías que recurrir a hacerle chantaje a los demás para que hagan lo que tú quieres. A lo mejor lo harían de buena gana.

Él le sonrió y la miró de arriba abajo.

–Si recuerdo bien, tú viniste de buena gana.

–No seas duro.

Él se encogió de hombros.

–Me refería a que viniste a trabajar para mí porque quisiste. Pero me gusta el camino obsceno que han tomado tus pensamientos, señorita Kelley.

–Si lo recuerdas, trabajar para ti fue algo contra lo que luché con uñas y dientes.

–Pues yo recuerdo que cediste bastante deprisa, en verdad, como si quisieras estar tan cerca de mí como yo de ti.

Mary se preguntó si siempre iban a terminar así, discutiendo, cada uno intentando quedar encima del otro. ¿Y con qué fin? Sólo serían unos días más.

–Sólo digo que si aceptas quién eres y de dónde vienes, a lo mejor podrías ser feliz.

–¿Y quién quiere ser feliz?

–Todos buscamos la felicidad, de un modo u otro.

–Yo no.

Ella lo ignoró.

–El problema es que lo estás haciendo al contrario.

Él se volvió de espaldas al agua y se apoyó en el pasamanos.

–¿Y tú sabes el camino a la verdadera felicidad, Mary?

–Lo intento, lo intento todo lo que puedo...

Volvió la cabeza hacia la izquierda cuando apareció la isla a lo lejos y sintió un dolor horrible en el cuello.

Ethan maldijo entre dientes.

–Pero si apenas puedes mover el cuello.

–Estoy bien. Nada que una ducha caliente y un buen masaje no pueda curar.

Él le puso la mano en el hombro.

–Sabes, me ofrecería a ayudarte con ambas terapias físicas, pero...

–Pero en este momento me odias con toda tu

fuerza –respondió, tratando de ignorar el calor de su mano.

–No, esa lógica no es tan importante para un hombre.

Ella trató de aparentar sorpresa, pero en realidad no pudo evitar echarse a reír.

–¿De acuerdo, qué es entonces? ¿No puedes ayudarme a que me dé una ducha porque yo no puedo soportarte a ti?

Él consideró sus palabras durante dos segundos.

–Ah, no... Un hombre puede ignorar también eso.

A Mary le dio la risa.

–Y tú no me odias, Mary –bajó la voz con sensualidad.

Su arrogancia y su confianza en sí mismo podría ser a veces un fastidio, sobre todo cuando acertaba, como esa vez.

–¿Bueno, entonces qué es? No me digas que no me vas a ayudar a darme una ducha por un deber mal entendido.

–No –se volvió hacia la isla con aire pensativo–. Sólo temo que me haga feliz y, como he dicho, no busco eso.

The Birches era un edificio de 1890, y cuando Mary entró en el vestíbulo, pensó que había cerrado los ojos y que estaba soñando. En la casa victoriana original de nueve habitaciones y seis cuartos de baño, se habían rescatado los antiguos suelos de madera, preciosos techos artesonados, tres chimeneas y una gran cantidad de muebles y elementos decorativos; y desde el porche que daba la vuelta a la casa había unas preciosas vistas de los Estrechos de Mackinac, de la Round Island, de Mackinac Bridge y del Grand Hotel.

Ni siquiera podía imaginar lo que costaría alquilar ese sitio.

Harold, el agente inmobiliario que Ethan había utilizado en ese viaje, miraba con admiración y alegría a su alrededor.

—Aquí estamos, señor Curtis. Una casa preciosa, ¿no le parece?

—Preciosa —respondió Ethan sin entusiasmo mientras comprobaba su agenda electrónica.

El pobre Harold parecía tan desinflado que Mary le ofreció su mejor sonrisa.

—A mí me parece preciosa.

Él la miró agradecido.

—Se rumoreaba que Rodolfo Valentino y Nita Naldi se quedaron aquí en una ocasión.

—¿De verdad?

—Justo después de rodar *Sangre y Arena*.

—Detesto las películas mudas —murmuró Ethan mientras comprobaba su correo electrónico.

Mary miró a Harold y volteó los ojos.

—¿Y dónde me quedo yo?

Antes de que Harold pudiera responder, Ethan se le adelantó.

—Lo he arreglado todo para que te quedes en la casa de al lado.

—¿Qué?

Mary miró a Ethan y a Harold.

—¿Una casa para mí sola? Vamos, Curtis. Pensaba que me quedaría en algún hotel cercano.

Harold se aclaró la voz mientras se ponía colorado como un tomate y trataba de que Ethan lo mirara.

—En realidad, señor, ha surgido una emergencia y la familia que estaba en la casa tuvo que quedarse. Pero —dijo más sonriente— tenemos una preciosa suite para la señorita Kelley al otro lado de la ciudad, en el Mackinac Inn.

—Con eso me conformo —dijo Mary en tono agradable, pero notó que Ethan negaba con la cabeza.

—Ni hablar —dijo él—. Tenemos que trabajar, y necesitas estar aquí. Al otro lado de la ciudad... —dijo, como si ella se fuera a París—. Ni siquiera puede uno moverse por aquí sin caballo o bicicleta. Tardarías horas.

—Señor —dijo Harold con deferencia—, le aseguro que en una isla tan pequeña el trasporte es muy rápido y fácil de...

Ethan lo ignoró y miró a Mary con expresión fija.

—Tú te quedas conmigo.

Mary se estaba cansando de las exigencias de Ethan Curtis.

—Ni hablar.

—Aquí hay sitio de sobra para diez personas —dijo él.

—Ni hablar —dijo ella de nuevo.

Él frunció el ceño.

—Te comportas como una cría.

—Me comporto como una profesional. Olvida por un momento lo que me parezca a mí, y piensa en lo que pensarían tus clientes si la mujer que has contratado también se hospeda en la misma casa que has alquilado.

Él se encogió de hombros.

—Pensarían que sería práctico.

—No —bajó la voz para que no les oyera Harold—. Parecería que la contratas para otra cosa.

Cuando se miraron, una oleada de lujuria obnubiló a Ethan. Mary se sintió débil unos instantes al tiempo que se estremecía de pies a cabeza. Trató de serenarse, de que se le calmara el pulso, hasta que también vio que la expresión en el rostro de Ethan se había disuelto.

—Son imaginaciones tuyas —dijo él en tono brusco—. Esto es un asunto de trabajo. Yo tendré mi despacho aquí y tú también. Puedes quedarte con todo el segundo piso, y yo me quedaré en la planta baja. Aparte del trabajo, no tenemos que vernos para nada.

Mary suspiró. No quería discutir más; además, el pobre Harold parecía como si tuviera ganas de desaparecer. Decidió que ya se las arreglaría ella sola.

—De acuerdo, Harold. Acompáñame al piso de arriba.

El hombre soltó un suspiro y empezó a subir los peldaños de las escaleras.

—Hay algunas habitaciones preciosas entre las cuales puede escoger, y gozan también de unas vistas increíbles.

Antes de que fuera con el hombre, Ethan le puso la mano en el hombro con suavidad.

—Date la ducha que decías; sigues como un robot —entonces se inclinó hacia ella y le susurró al oído—. Y si necesitas ayuda...

Sí. Tendría que buscar otro lugar donde hospedarse lo antes posible. Sólo de sentir el aliento cálido de Ethan en su piel sintió deseos de acurrucarse junto a él y acariciarlo; pero se apartó rápidamente y siguió al agente inmobiliario por las escaleras.

—¿Eh, Harold, de qué año has dicho que es la casa?

—Fue construida en 1891, pero todo ha sido renovado para su conveniencia.

—¿Las cañerías también?

—Por supuesto.

—¿Y las cerraduras de las puertas?

—Cada una de ellas, señorita.

La risa de Ethan desde la planta baja le alteró los nervios.

Capítulo Nueve

Menos mal que se había informado de todo lo que componía la finca al completo, porque de otro modo tal vez no la hubiera encontrado.

Los establos, también antiguos, estaban a unos cincuenta metros de la casa, y tenían tres compartimientos para los caballos, un cuarto de los arreos, un cuarto para almacenar el heno y alojamiento en el piso superior. Eso último fue lo que le dio la pista para ir a buscarla cuando Mary no había bajado después de ducharse y cambiarse.

—Eres la persona más testaruda que he conocido en mi vida.

Mary, que llevaba un albornoz blanco muy largo que sólo dejaba ver los pies y el cuello, estaba de pie a la puerta del establo, cerrándole el paso.

—Gracias.

—El agente te ha hablado del establo, ¿no?

—Se llama Harold.

—Sí, bueno, está claro que a Harold no le importa que le hable bien de él a su jefe.

—No lo pagues con Harold —dijo Mary mientras trataba de hacerse un moño.

Parecía un ángel, y Ethan tenía de pronto una urgente necesidad de que alguien lo salvara.

—¿Me vas a enseñar los establos?

Ethan vio un destello de desafío en sus ojos azul pálido, pero Mary se apartó y le dejó pasar.

—¿Prometes ser bueno?

—¿Estás de broma? ¿Es que todavía no me conoces?

Ella se echó a reír, y el sonido suave y gutural le hizo pensar en las noches que habían pasado juntos y en sus gemidos al alcanzar el orgasmo.

Pasaron delante del cuarto de arreos y de los compartimientos, todos muy limpios puesto que no se utilizaban, y subieron unos escalones para acceder al altillo. Allí miró a su alrededor y resopló en tono burlón.

—Este sitio es microscópico y...

—Y perfecto para una persona —terminó de decir Mary.

Al subir el cinturón del albornoz debía de habérsele aflojado y se le habían abierto un poco las solapas; lo suficiente para permitirle ver la curva de uno de sus pechos. Se le hizo la boca agua al instante, y por ese motivo apartó la mirada y miró hacia la cama. La suave luz del sol bañaba el cuarto y la colcha azul pálido. Era un espacio suave para la tensión sexual que sentía Ethan.

—Me parece que este sitio tiene las ventajas de ambos mundos —Mary confundió su expresión tensa con enfado en lugar de con deseo—; teniendo en cuenta lo que sentimos el uno por el otro.

Lo que sentían el uno por el otro. Ethan tenía ganas de echarse a reír, puesto que de pronto deseaba gritarle y al siguiente besarla. De lo que sí estaba totalmente seguro era de que no quería seguir odiándola, ya no, ni seguir enfadado con ella.

—No me gusta esto.

—Estamos lo bastante cerca como para trabajar juntos y lo bastante apartados como para no...

—¿Para no qué...? —empezó a decir Ethan mientras se regodeaba al pensar en lo que tardaría en quitarle el albornoz—. ¿Para no meternos en la cama otra vez?

Ella se puso colorada.

—Algo parecido.

—Parece demasiado lío para nada.

Ella alzó la barbilla.

—Creo recordar que me comparaste con una pitón. ¿No te alegras de no tener a la pitón en el piso de arriba?

Él no respondió. Se acercó a la ventana y miró fuera.

—Desde aquí no se ve el mar.

—Creo que sobreviviré —respondió ella.

—Estarás aquí día y noche... sola.

—¿Y qué te importa, Curtis?

—No me importa —dijo con fastidio.

No quería que le importara.

—El trabajo no sufrirá ninguna alteración —le aseguró ella—. Si tengo que estar en la casa, tardaré cinco minutos en llegar.

Ethan se dijo que si no salía de allí inmediatamente iba a saber lo poco que tardaba en quitarle el albornoz; y entonces Mary Kelley tendría la sartén por el mango con él, y eso no pensaba tolerarlo. Se apartó de la ventana y cruzó el pequeño espacio.

—¿Qué hay que hacer el resto del día? —le preguntó ella.

—Nos quedan un par de horas de luz, por lo menos. ¿Qué te parece si buscamos el mejor sitio para hacer la fiesta?

Ella pareció sorprendida.

—Pensaba que querrías hacerla en la casa.

—No estoy seguro de dónde quiero hacerla —dijo en tono seco—. Me gustaría tener varia opciones para poder elegir.

Ella asintió con expresión de pronto impenetrable.

—De acuerdo. Voy a darme esa ducha que tenía pensada desde esta mañana, y nos vemos delante de la casa dentro de media hora.

Sólo de pensar en Mary desnuda bajo el chorro de la ducha sintió que le faltaba el aire.

Pero era ella la que se iba a quitar el albornoz, no al revés; ella la que se pasaría la esponja por su cuerpo desnudo. Las mujeres eran a veces maestras de la tortura, pero esa mujer lo tenía totalmente perfeccionado. Ethan miró hacia el pequeño cuarto de baño que había a su derecha; tan blanco, tan limpio y bonito.

Ethan se dio la vuelta y fue hacia las escaleras. Si se quedaba allí un segundo más, no sería responsable de sus actos.

—Podríamos ir a la ciudad —dijo Mary, sentada en la parte de atrás de la pequeña calesa, a la puerta de la casa de alquiler.

Ethan miró con rabia el dócil caballo y sacudió la cabeza despacio.

—No.

El conductor miró hacia delante, lo suficientemente discreto como para no inmiscuirse; pero a Mary no le daba miedo la ira de Curtis. El sol del atardecer empezaba a tornarse anaranjado, y si no

113

se ponían en movimiento tendrían que buscar el lugar idóneo para la fiesta en la oscuridad.

—¿Quieres montarte ya?

—Dame un momento —murmuró enfadado.

Acarició la melena del animal y se acercó a ella para susurrarle algo que Mary no oyó.

Cuando finalmente se sentó en la calesa, Mary estaba muerta de curiosidad.

—¿Qué le estabas diciendo a la yegua?

—Le he dicho que tenga modales.

—El conductor ha dicho que es muy dócil.

—Eso es lo que ellos quieren hacerte creer —murmuró en tono seco.

—¿Ellos?

—El conductor... y Shirley.

Mary se echó a reír.

—¿De qué estás hablando?

—No me van mucho los caballos, ¿vale?

—Vamos, a todo el mundo le gustan los caballos.

—De acuerdo; entonces yo no les gusto a ellos.

Pasaron otro coche de caballos de camino a la ciudad. Había refrescado bastante desde que habían llegado, y Mary se pegó a Ethan.

—Muy bien, soy todo oídos. Cuéntame toda la historia.

—¿Qué historia?

—Vamos —se acercó un poco más a él, de manera que se rozaban las piernas—. Si tienes tanto miedo a los caballos, será por algo.

Ethan levantó el brazo, volvió la cabeza un momento, y le rodeó los hombros.

—Yo tenía diez años, y fue en la fiesta de un amigo. Todos los niños montaron en su caballo, que era aparentemente un animal viejo y dócil. Pero cuando me tocó el turno a mí, empezó a dar coces como si estuviera en un rodeo –Ethan levantó el antebrazo izquierdo–. Me caí y me rompí en brazo por tres partes distintas.

Mary relajó la cabeza sobre su brazo, sabiendo perfectamente que se estaban comportando de un modo inapropiado,

–Fue un accidente, y sería una vez. No puedes tenerle miedo a los caballos por...

–Entonces, cuando tenía catorce años...

En ese momento el coche pasó un bache y se chocaron el uno contra el otro.

–Mi novia me llevó al circo, aunque a mí no me hizo mucha gracia la idea. Todo iba bien hasta que salió un jinete a caballo. El Gran Jezebel se puso nervioso a mitad de número y se salió de la pista.

–No me digas.

–Sí. ¿Y sabes a por quién fue?

–De acuerdo, empiezo a entender –dijo Mary muerta de risa.

–Me partí dos costillas.

Impulsivamente, Mary le pasó la mano por el costado.

–Pues ahora las tienes ya bien.

Él la miró con los ojos entrecerrados.

–Bueno, estoy seguro de que ya se me han curado.

Menos mal que en ese momento el conductor detuvo la calesa, porque Mary estaba casi segura de que Ethan la habría besado de no haber sido así; y también de que ella le habría besado también.

Se bajaron delante de una dulcería muy grande y echaron a andar por Main Street, que se parecía un poco en su arquitectura a Nueva Orleans. Paseando,

Mary echó en falta que Ethan le pusiera el brazo por los hombros o le diera la mano.

—¿Sabes? —le dijo ella mientras se dirigían hacia el oeste de la población, donde había menos peatones—. No creo que sea que no les gustas a los caballos.

—Vaya, a ver qué vas a decir ahora; esto me interesa.

—Yo creo que es algo sexual... Fíjate, tres yeguas, tres reacciones similares. Las hembras reaccionan así contigo.

Ethan lo pensó un momento y entonces se echó a reír.

—¿Cómo he podido trabar conocimiento contigo? Estás loca...

Ella le echó una sonrisita de suficiencia.

—¿Quieres de verdad que te responda a eso?

Siguieron calle adelante, pasaron por delante de una preciosa iglesia, de una librería y de una pintoresca heladería; Mary pensó en la fiesta, pero enseguida pensó que era muy informal para el evento. Varias manzanas más abajo, más cerca del mar, Ethan señaló un encantador e íntimo hotel llamado Miran Inn.

—¿Qué te parece este sitio?

—Es precioso, pero los hoteles están ya muy trillados; por no mencionar que tres de los diez posibles clientes para quienes vamos a dar esta fiesta son dueños de hoteles.

—Claro.

—¿No quieres algo interesante y sorprendente? ¿Algo a lo que quieran venir también las esposas?

—Sí, sí.

Mary había estado pensando algo mientras estaban allí, y en ese momento quería ponerlo en práctica.

–Vamos –lo agarró de la mano y le urgió a que la siguiera.

–¿Adónde?

–Tú sígueme.

Mary lo condujo por un camino que bajaba por una colina hasta la playa. Las gaviotas chillaban en busca de pescado, y varios turistas estaban haciendo fotos de un precioso faro que se alzaba en un promontorio.

Le soltó la mano y se acercó a la orilla del mar, donde se colocó la mano a modo de pantalla para protegerse del sol del atardecer.

–Es perfecto –dijo ella mientras se volvía hacia él–. Una barbacoa en la playa; un evento íntimo, informal, con buena comida... y nada de caballos.

Ethan miró a su alrededor despacio y asintió.

–Me gusta la idea.

–¡Qué bien!

Sería su primera barbacoa en la playa y pensaba hacer de ello un día memorable.

Ethan se acercó a ella con una mirada de admiración en los ojos.

–Tengo que reconocer que se te da muy bien tu trabajo.

–Gracias –respondió ella.

Él le retiró un mechón de pelo de la cara y se lo colocó detrás de la oreja; sin pensar, dejó deslizar el pulgar por la mejilla.

–Muy inteligente e intuitiva. Sólo hay un problema.

Ella se quedó helada.

–¿Cuál es?

—Eres demasiado bella. No existe ningún hombre que pueda dejar de pensar en ti, por muy enfadado que esté.

Estaba demasiado cerca. Mary sintió el calor de su cuerpo, y no se podía negar el deseo reflejado en su mirada.

Dejó la mejilla y continuó deslizando los dedos por el cuello, haciendo una pausa al llegar a la clavícula. Entonces se miró la mano y la retiró, mientras sacudía la cabeza.

—Lo siento... Esto, tengo que volver.

—Claro —respondió Mary, turbada también.

—Tengo una cena de negocios.

—Y yo tengo que estudiar la lista de invitados.

Subieron juntos el promontorio para volver a Main Street, donde tomar un taxi.

—¿Estarás bien sola esta noche? —le preguntó Ethan cuando se paró un taxi delante de ellos.

Mary se montó en el coche y se pegó a la puerta esa vez.

—En los últimos veinte años no me ha pasado nada —murmuró en tono suave.

—¿Cómo? —le preguntó Ethan, que no la había oído.

Ella suspiró cansinamente.

—He dicho que todo irá bien.

Cuando la noche caía en Mackinac Island ocurría algo maravilloso. Mary sólo tenía que abrir una ventana para oír los sonidos de la naturaleza en directo, y estirarse sobre la cama para pasar una noche relajada.

Eso y un poco de comida y de vino.

Con la cabeza apoyada sobre algunos cojines, Mary ojeó los menús que había recogido del conductor de la calesa. A su lado, en la mesa, había una lista de invitados que ya se sabía de memoria. Entonces vio un menú de cocina italiana que tenía muy buen aspecto y agarró el teléfono que tenía al lado para hacer la llamada. Pero antes de terminar de marcar el número, alguien llamó a la puerta del establo.

¿Habría terminado Ethan su cena de negocios a las ocho y media?

Mary bajó las escaleras y abrió la puerta, decidida a salir de dudas, y allí estaba Ethan Curtis, más guapo que nunca con una camiseta de manga larga negra, vaqueros y una barba de dos días.

—¿Todo bien? —le preguntó Mary.

—Sí —empezó—. Bueno, no. Tengo un problema en la casa grande.

—¿Qué pasa, se ha roto una cañería? Aunque las pongan nuevas, siempre hay problemas en estas casas antiguas...

—No. No son las cañerías.

—¿No tira la chimenea?

—No.

Le encantaba cuando se expresaba tan bien.

—¿Bueno, entonces qué es? ¿No sabes en qué cama acostarte?

—Algo así.

Ella retrocedió instintivamente.

—¿Qué tal tu reunión?

—Bien, aburrida —respondió él mientras la miraba disimuladamente de arriba abajo—. Están deseando ir a la barbacoa.

Mary asintió; sin saber de pronto qué hacer. Si se echara encima de ella, sería más fácil para los dos.

—Ah... —Ethan levantó una bolsa de papel que tenía en la mano—. Por si no habías comido pensé en...

—Gracias. Estaba a punto de pedir algo.

—Ahora ya no tienes que hacerlo.

Mary pensó que querría cenar con ella, pero entonces se acordó que lo había hecho con sus clientes.

—Bueno, voy a disfrutar de esto que me has traído.

—De acuerdo —Ethan no se movió.

Ella arqueó las cejas con gesto profesional.

—¿Tenemos que discutir algo, o puede esperar hasta mañana?

Él pasó delante de ella al establo y le quitó la bolsa de papel de la mano al entrar.

—¿Sabes qué? No creo que pueda esperar.

Capítulo Diez

Ethan no había bromeado sobre la cena que acababa de tener con dos posibles futuros clientes. La comida había sido corriente, la conversación aburrida y en general poco interesante.

Mary lo siguió por las escaleras hasta el altillo y le dijo en tono receloso y juguetón:

—Algo me dice que invitarte a pasar puede resultar peligroso.

—Muy observadora —respondió él.

—¿Podríamos hablar del menú, ya que estás aquí?

Ethan estaba por fin en la habitación de Mary, bañada por la luz de la luna, envuelto de pronto en su perfume a jabón. En ese momento no le importaban los clientes, ni el trabajo ni los buenos modales.

Con la espalda pegada a la pared, Mary hizo un gesto a la habitación.

—No hay muchos sitios donde sentarse.

Ethan miró la cama y luego a ella.

—No —Mary de pronto parecía avergonzada, con su camiseta rosa y sus pantalones cortos del mismo color—. Debería ponerme el albornoz o algo.

—No te molestes por mí.

—Creo que ya tengo problemas —murmuró mientras se acercaba a la mesilla y tomaba un bloc de hojas amarillas—. Bien, el del catering piensa, y yo estoy de acuerdo con él, que una barbacoa típicamente americana sería lo mejor; con costillas, pollo y hamburguesas a la parrilla, batatas asadas y tarta de manzana y nueces pacanas. Ah, y tal vez algunas especialidades locales, como el pescado blanco con guarnición.

Ella no parecía entenderlo. Tan fuerte era su deseo por ella que sabía que habría ido a buscarla, estuviera donde estuviera.

—Algunos de los menús locales son interesantes —continuó ella sin aliento—. Podríamos hacer una degustación.

—Me encantaría.

El tono y el significado de sus palabras fueron tan claros como el cielo de la noche; pero Mary negó con la cabeza y lo miró con desazón.

—No podemos.

—No lo haremos.

Mary sentía que iba a pasar algo, y Ethan se lo demostró cuando de pronto avanzó hacia ella.

—Te juro que no me acercaré siquiera a la cama —dijo él.

Ethan le agarró la cara con la mano ahuecada. El calor que le trasmitió hizo que ella se olvidara de todo en un instante. Ella se inclinó hacia él, y Ethan empezó a besarla con ardor.

Mary le echó los brazos al cuello para no caerse, de la debilidad que sentía de pronto.

Ethan respondió de inmediato y la empujó suavemente hasta que se topó con la pared; entonces le sujetó el cuello para poder besarla a placer y la exploró sus labios con besos provocativos hasta que ella abrió la boca y lo besó con la lengua.

Mary trató de recordar las cosas feas que se habían dicho unos días atrás, pero todo se disipaba como la niebla con el sol. Al sentir que él le metía la mano por debajo de la camisa, ella arqueó la espalda, como invitándolo a moverla más arriba.

Ethan se pegó a ella y con la mano libre le desabrochó el sujetador, mientras continuaba besándola apasionadamente. Mary apenas podía parar quieta; y cuando él empezó a tocarle un pezón hasta que se le puso duro, no pudo contener los gemidos.

Ethan se apartó de ella y le quitó la camisa y el sujetador de un solo movimiento.

–Tengo hambre... –murmuró mientras agachaba la cabeza y buscaba con los labios el pecho pálido y suave hasta dar con el sustento que necesitaba.

–Oh, Ethan –susurró ella sin aliento.

Le temblaban las piernas y tenía la entrepierna totalmente mojada.

Ethan bebió de ella, agasajó su pezón con suaves lametazos, y la tensión en ella iba poco a poco en aumento. Deslizó los labios por su estómago y mordisqueó la carne flexible de su vientre y de sus caderas, al tiempo que empezaba a bajarle los pantalones cortos y las braguitas hasta los tobillos.

Mary sintió vergüenza un momento al quedarse totalmente desnuda delante de él, a la luz de la luna.

Ethan, que estaba de rodillas, le echó una mirada pícara antes de decirle lo que deseaba.

–Abre las piernas.

Estaba tan cerca de ella que Mary sintió su aliento caliente en la entrepierna mojada y le fue casi imposible contener el clímax que estaba a punto de alcanzar.

Abrió las piernas de todos modos y cerró los ojos, tratando de relajarse para disfrutar; pero cuando él le separó los pliegues suavemente con los dedos, ella no pudo contenerse ni un momento más. Cuando la lamió con la lengua, Mary gimió y se pegó a él; y cuando él succionó y besó el centro de su placer, ella pronunció su nombre.

Ethan la agarró de las nalgas y continuó lamiéndola a un ritmo frenético, pasándole la lengua por el clítoris al tiempo que Mary meneaba las caderas.

—No puedo aguantarme...

Le temblaban las piernas mientras las oleadas de placer se sucedían, y toda ella se puso tensa un instante. Gimió y jadeó sin dejar de menear la cadera salvajemente contra su boca, estremeciéndose mientras sucumbía al orgasmo.

Mary se derrumbó contra la pared, sin dejar de mover las caderas, más despacio ya, mientras trataba de recuperar la consciencia. Ethan la abrazó, y Mary deseó más que nada que él la llevara a la cama, que se echara sobre ella y la penetrara.

Pero Ethan se apartó de ella, fue al baño y salió con el albornoz para ponérselo por los hombros. Entonces la miró a los ojos y le dijo en tono bajo:

—Me marcho.

—No tienes por qué hacerlo —le dijo con valentía, sin importarle si él notaba o no su necesidad de estar con él.

Él se pasó la mano por la cabeza; y Mary no supo si estaba enfadado, incómodo o frustrado.

—De verdad que sí.

Ella se puso el albornoz rápidamente y asintió; ¿qué más podía hacer?

—Entonces, mañana...

—A las diez en el porche.

Fue todo lo que dijo antes de bajar y salir del establo.

Mary se acercó a la ventana y lo vio cruzar el patio. Aún estaba temblando con la fuerza del clímax; y el zumbido de su cuerpo había sustituido los relajantes sonidos de la naturaleza. Pero necesitaba más. Si ella se hubiera salido con la suya, y Ethan se hubiera sentido bien haciéndolo, en ese momento estaría subido encima de ella, separándole las piernas, esa vez con otro propósito.

Sólo de imaginárselo se estremeció de nuevo de tal modo que tuvo que sentarse en el borde de la cama.

Mary salió del Ayuntamiento con los permisos para celebrar la fiesta, con la esperanza de llegar a la casa antes de la hora que había quedado con Ethan. Llevaba despierta desde las cinco de esa mañana, planeando la fiesta y con los objetivos de negocios de Ethan en mente. Al pasar por la confitería, sonó su teléfono móvil, que abrió y se llevó a la oreja.

–¿Diga?

–Hola, soy Tess –le llegó la voz de su socia.

–También estoy yo, Olivia –dijo su otra socia–. Es una llamada a tres.

Mary había salido de viaje de trabajo varias veces, pero en ese momento el sonido de sus voces la consoló como nunca.

–¿Qué tal van las cosas en casa?

–Ah, fenomenal, fenomenal, como siempre –le informó Olivia–. ¿Y qué tal Mackinac Island? ¿Preciosa y romántica?

–No está allí para eso, Olivia –dijo Tess un tanto fastidiada.

–Por supuesto que no. Sólo quería decir que...

–Es un sitio precioso, encantador.

–Bueno, pues saca muchas fotos para después ponerlas en nuestro libro.

–Lo haré –respondió Mary–. ¿Y aparte de eso, queríais algo más?

–Sí –dijo Olivia–. Queríamos contarte que hemos recibido tres llamadas de gente que estuvo en la fiesta del señor Curtis del otro día. Dos de los hombres se han quedado viudos, y no tienen ni idea de cómo se organiza una fiesta.

–¿Y el tercero?

Olivia resopló.

–Uno de esos jóvenes de treinta y tantos que han heredado todo lo que tienen; un niño mimado.

–Ah, tus favoritos –sonrió Mary.

–Y Tess me lo endilgó al momento –añadió Olivia de mala gana.

Mary oyó el gemido de frustración de Tess, como si Olivia se lo hubiera repetido cien veces ya.

–Necesita tus habilidades culinarias.

Se levantó el viento que le llevó el aroma de la neblina y del agua del lago.

–¿Cómo se llama?

–Mac Valentine –le dijo Olivia.

Mary trató de recordarlo, y entonces le llegó una imagen del apuesto joven a quien Ethan le había presentado en la primera fiesta. Desde luego Valentine era todo lo que Olivia despreciaba: un auténtico playboy, cargado de dinero y totalmente consciente de su atractivo.

Olivia suspiró.

–No me pasará nada. Como vosotras dos, me niego a que los clientes me chupen la sangre. Haré mi trabajo y lo haré bien, y nada más.

Avanzando por el camino rural, Mary vio a su «cliente» en el porche de la vieja mansión victoriana, con una taza en la mano, y se estremeció de deseo. Si las chicas supieran el lío en el que se había metido.

—Chicas, os tengo que dejar.

—Una cosa más —dijo Tess rápidamente—. Tu abuela ha llamado tres veces desde que te has ido.

—¿Y por qué no me ha llamado al móvil?

—Dijo que no sabía dónde tenía el número, así que se lo di otra vez. Parecía bastante agitada.

—Siempre está así; es algo normal en ella. Si me dijeras que parecía feliz, me preocuparía.

Las dos se echaron a reír.

—Gracias por la llamada. Os llamaré más tarde.

Ethan iba todo vestido de negro, y tenía un aspecto serio y sexy. Con el corazón en la garganta, Mary subió las escaleras del porche y se sentó en el banco a su lado.

—¿Dando un paseo? —le preguntó él en tono rígido.

—Acabo de volver del Ayuntamiento y de una reunión con el personal de servicio. Están encantados con la barbacoa —trató de ignorar su mirada depredadora—. La degustación que pediste será hoy a la una y media. Si eso te viene bien.

—No necesito degustación. Me fío de tu instinto.

—Anoche dijiste...

—Anoche no estaba hablando de comida, Mary.

Sus palabras la sorprendieron, y su mirada atrevida le hizo estremecerse por dentro.

—¿Tenemos que hablar de lo que pasó anoche?

—Sólo si quieres que lo tomemos donde lo dejamos —le dijo con la misma franqueza que ella.

Mary se calmó de inmediato, y la seria mujer de negocios que llevaba dentro se hizo con el control.

La noche anterior, ella había estado abierta a él; era él quien se había marchado. No quería jugar más.

–Lo único que quiero ahora mismo es hacer mi trabajo; el mejor trabajo que nadie haya visto nunca.

En sus ojos brillaba la ira.

–No dudo de tu éxito.

–Y cuando termine mi trabajo, quiero irme de aquí, volver a casa y...

Dejó de hablar, incapaz de terminar la frase.

–¿Y? –preguntó él.

Volvería a casa y trabajaría como siempre lo había hecho, sin interrupciones ni complicaciones. Sin duda, como Ethan.

–¿Quieres la degustación, o la cancelo? –le preguntó Mary con frustración.

–Estaré allí. A la una y media, ¿verdad?

Ella asintió y se levantó.

–Será en el restaurante Fanfare de Main Street. No tiene pérdida.

Mary se dio la vuelta y tomó la dirección del establo, deseando llegar y darse una ducha caliente.

–Pasaré entonces por ti a la una –le dijo Ethan; y Mary se detuvo–. Esta vez podemos ir andando. Nada de caballos.

–¿Podemos? –repitió–. No, yo no tengo que estar allí. El servicio anotará todo lo que te guste y después informarán a...

–Te quiero allí –le dijo él en tono imperioso–. Y al menos hasta que termine la barbacoa, trabajas para mí.

Sin ser muy consciente de ello, el personal del catering en Fanfare habían idealizado un evento que no debería haber sido más que una mera reunión de negocios para ellos dos.

Cada bocado que les presentaban era delicioso y original: pescado a la parrilla con patatas envueltos en pan de pita, patatas de batata con salsa picante, ensaladas, cerdo agridulce, pollo y postres, junto con una limonada recién hecha, y varios vinos y cervezas muy ricas.

Finalmente Ethan se recostó en el asiento y suspiró.

—Doy mi consentimiento.

Mary se echó a reír, mientras trataba de levantarse de la mesa.

—Eso pensaba.

Después de darle las gracias al personal, volvieron a la casa, agradecidos de poder bajar la comida con el paseo. Cuando entraron en la propiedad, Ethan la acompañó al establo y se quedó a la puerta. Mary tenía las mejillas sonrosadas y se la veía relajada y contenta con el día. Se quitó las sandalias y se quedó allí con su virginal vestido de algodón blanco y aquella misma mirada de deseo que había visto en sus ojos el día anterior.

—Creo que estoy un poco ebria —dijo ella mientras abría la puerta.

—No pasa nada.

Ella se echó a reír.

—Son las tres de la tarde.

—¿Vas a manejar maquinaria pesada esta tarde?

—No.

—Entonces no te preocupes.

—Gracias por acompañarme hasta casa, pero a partir de aquí me las arreglo sola.

Él se apoyó sobre el marco de la puerta; se sentía frustrado y torpe.

–¿Por qué narices tenemos que enfrentarnos a esto?

Ella se encogió de hombros.

–Yo no creo que lo esté haciendo.

–Bien. ¿Entonces por qué lo estoy haciendo yo?

–¿Porque me odias?

–No, no creo que eso sea verdad ya –él le tomó la mano–. En realidad, nunca te he odiado. Creo que es precisamente lo contrario, y por eso no lo acepto –le tomó la otra mano y se las colocó en la espalda, para besarla en la boca con sensualidad–. Vamos –murmuró mientras la invitaba a pasar con él.

–No más juegos, Ethan –le dijo ella con vacilación, por primera vez, desde que se habían conocido.

–No –él negó con la cabeza y subió con ella las escaleras, pero a medio camino la necesidad de besarla y saborearla era tan grande que empezó a abrazarla.

–La cama... –susurró ella en tono ronco.

Ethan la besó en el cuello, en la oreja, arrancándole gemidos de placer.

–Ya llegaremos.

Capítulo Once

Subieron las escaleras medio tambaleándose y fueron dejando la ropa por el suelo. Mary sólo sabía que ya no llevaba la camisa y el sujetador puestos cuando su espalda caliente entró en contacto con la superficie lisa y fresa del edredón de plumas. Cuando Ethan se tumbó encima de ella el gozoso peso de su cuerpo le aceleró el pulso y la llenó de emoción.

Tenía la piel caliente, como si le hubieran prendido fuego, y estaba deseosa de que la tocara y acariciara por todas partes; así que se tuvo que relajar un poco mientras él la besaba, lamía, mordía y acariciaba a placer.

Aquélla no era una dulce y tierna escena de amor; puesto que los dos se deseaban con un frenesí que rayaba en lo primitivo. Querían estar unidos, y Mary se deleitó al pensar que se sentía como una adolescente caliente a la edad de veintinueve años.

Ethan se apartó un momento para echar los pantalones al suelo, y cuando volvió Mary lo empujó sobre la cama. Se sentía tan sexy y tan llena de energía que quería montarse encima de él y salirse con la suya; así que Ethan se tumbó y le dejó hacer.

Ella le acariciaba el pecho con frenesí, rodeando sus pezones entre el índice y el pulgar con las dos manos a la vez, hasta que su erección parecía un pilar de mármol. Luego alzó para sentarse encima de él, hasta que su vello rizado rozaba el vello áspero de su entrepierna.

Ethan farfulló una imprecación entre dientes.

—Mary, no...

—¿No quieres esto? —jadeó Mary sin dejar de bombear las caderas.

Ethan soltó una risotada perpleja.

—Estás de broma, ¿verdad? No, no es eso; es que no tengo ningún preservativo.

—Yo sí —jadeó ella—. No voy a fingir que no quería que esto pasara —dijo mientras se apartaba de él y sacaba un envoltorio de plástico del cajón de la mesilla—. He venido preparada.

Ethan le dejó que se lo pusiera, que volviera a sentarse encima de él. Después de estar tan despistada durante tanto tiempo, lo necesitaba; necesitaba aquello; y por una vez Ethan dejó que hiciera lo que quisiera, que se tocara los pechos mientras cabalgaba sobre él meneando las caderas mientras trataba de sentirlo desde todos los ángulos.

—Dime —susurró Ethan mientras le bajaba una mano por el vientre hasta el sitio donde sus cuerpos se habían unido—. ¿Qué quieres, Mary?

—Sí, ahí, así... Tócame ahí —susurró entre gemidos y jadeos.

Ethan empezó a juguetear con sus dedos hasta que Mary dejó caer la cabeza hacia atrás y arqueó la espalda. Dejó que dominara él, que con una mano le agarró las caderas para poder embestirla a placer, y con la otra le tocaba entre las piernas con delicadeza, hasta que las oleadas de placer fueron tan intensas que Mary apenas podía respirar.

Deslizó las manos sobre su pecho, mientras él la

penetraba furiosamente entre gemidos de placer cuando por fin alcanzaba también el clímax.

Exhausta, Mary se tendió encima de él. El corazón le latía con fuerza contra su pecho, y Mary se preguntó de pronto qué era lo que había hecho en esos dos últimos años aparte de trabajar y de permanecer aislada del resto del mundo. Hasta ese momento no se había dado cuenta de lo sola que había estado, y de cómo había empleado todo su tiempo y su energía en el negocio. En realidad, no había tenido vida.

Ethan se deslizó de debajo de ella y la abrazó por la espalda. A Mary le agradaba tanto que él la abrazara así. No sabía cómo era posible, después de todo lo que habían pasado, pero estaba claro que tal vez pudieran intentarlo juntos.

El tiempo había estado raro toda la mañana, pero milagrosamente, a las once el sol se había abierto camino entre las nubes y había empezado a calentar. Se había peinado y limpiado la playa, dejando sólo las arenas más suaves y blancas para la fiesta. Junto con el personal de servicio, Mary ayudó a montar las mesas, las sillas y las alegres sombrillas de rayas azules y blancas; y cuando los invitados empezaron a llegar al mediodía, Mary suspiró aliviada. A pesar de las nubes de esa mañana y de una noche de sexo fantástico que le había dejado agotada, lo había conseguido.

Justo cuando Mary inspeccionaba las barbacoas, Ethan se acercó a ella por detrás y le tomó la mano. Ella sonrió al instante mientras una sensación de calor se instalaba sobre su corazón, al tiempo que evocaba esa mañana, cuando se había despertado en una nube de sensaciones románticas, eróticas y tiernas.

—Sólo hace veinte minutos que ha empezado la fiesta y ya tengo dos posibles clientes que van a volar a Minneapolis la semana que viene para reunirse conmigo —le dijo mientras la besaba suavemente en la oreja—. Eres maravillosa.

Ethan estaba tranquilo y relajado, e increíblemente guapo con unos pantalones blancos y polo negro; y Mary sintió un extraño orgullo, como si estuvieran en realidad juntos.

—No soy yo, son los mojitos —bromeó.

—No, eres tú —insistió él, mientras en sus preciosos ojos azules se reflejaba la admiración que sentía—. O a lo mejor soy yo cuando estoy contigo.

—Qué cosa más bonita —dijo Mary con timidez.

Trató de soltarse la mano de la suya, porque no quería que nadie se llevara la impresión equivocada, sobre todo Ethan. Jamás había sido una mujer con expectativas, y no importaba lo mucho que quisiera susurrar lo que sentía acurrucada en su pecho, no pensaba presionarlo de ese modo. Tal vez la noche anterior se hubiera dado cuenta de lo que faltaba en su vida, de lo que quería y de cómo los dos se habían aferrado a un pasado que había regido sus acciones. Pero tal vez Ethan no hubiera llegado a las mismas conclusiones que ella.

Fuera como fuera, Ethan se agarró con firmeza a la mano de Mary mientras iban hacia el bar y saludaban a sus invitados por el camino.

—Debería ir a hablar un momento con el chef —le dijo a Ethan después de llevar unos veinte minutos observando a los invitados—. Nos estamos quedando sin algunas cosas.

Ethan asintió, pero no le soltó la mano inmediatamente.

–Antes de que te marches, quiero pedirte algo.

–Vale...

–Me siento como un tonto romántico.

–¿Y es algo nuevo para ti?

–Desde luego –se echó a reír mientras se pasaba la mano por la cabeza–. ¿Te quedarás conmigo esta noche?

Mary le sonrió.

–Creo recordar que quedamos en algo... después de que terminara la fiesta.

Él fingió una expresión ceñuda.

–No tengo ni idea de lo que me estás contando.

–Claro que sí. ¿Quieres que te refresque la memoria?

–Si dices una sola palabra más de esa conversación, tendré que tomar medidas drásticas.

Mary se mordió el labio para no echarse a reír.

–Cuando terminara la fiesta se suponía que íbamos a...

Antes de que pudiera decir ni una sola palabra más, Ethan la subió en brazos y la besó ardientemente.

–No me hagas llegar a un nivel obsceno con toda esta gente delante –le advirtió en los labios–. Echaré a perder mi buena reputación.

Mary se echó a reír con un sonido aterciopelado que demostraba lo feliz que se sentía en ese momento.

–¿No se suponía que tenía que marcharme en cuanto lo hiciera el último de los invitados?

–Vaya, te lo has ganado –le dijo en tono pícaro mientras le tomaba la mano y se metían detrás de la barra del bar, donde la sombrilla les proporcionaba intimidad lejos de los demás invitados.

Mary le echó los brazos al cuello, mientras él la besaba con la misma pasión de la noche antes. Cuando finalmente se separaron para respirar, Ethan tenía los ojos brillantes y la voz rasgada de la emoción.

—Sea lo que sea que tengamos aquí, quiero más —le agarró la cara con las dos manos—. Dime que tú también lo deseas.

—Sí, también quiero lo mismo; pero tengo un poco de miedo.

—¿De qué?

—De todo lo que ha pasado.

—Eso ya ha pasado, Mary. ¿No podemos olvidarlo y dejarlo en el pasado?

—Creo que los dos hemos dejado muchas cosas en el pasado. ¿No crees que ya es hora de que nos enfrentemos a ello?

Ethan frunció el ceño cuando en ese instante un sonido estridente que salía del bolsillo de los pantalones de Mary interrumpió el momento. Le echó una mirada de disculpa y abrió el teléfono móvil.

—¿Diga?

—Mary, soy tu abuela.

—¿Abuela, qué tal estás?

—Tu abuelo ha muerto.

El corazón se le encogió.

—¿Cómo?

—El funeral será el martes. ¿Vendrás?

—Sí, por supuesto —dijo Mary rápidamente, incómoda por la poca emoción con la que su abuela le daba la noticia—. ¿Cómo...?

—Te veré el martes —continuó Grace bruscamente—. En St. Agnes, en el centro, a las diez de la mañana.

Colgó casi inmediatamente después de que Mary le dijera que la vería en la iglesia. Azorada, Mary apretó el teléfono en el puño y se quedó mirando la arena.

—¿Qué pasa? –le preguntó Ethan.

—Se ha muerto mi abuelo.

¿Por qué se sentía tan abrumada? Ella y Lars Harrington nunca habían estado muy unidos, pero por alguna razón su muerte le hizo pensar en la de su madre, y en lo corta que era la vida.

—Lo siento –dijo Ethan con sobriedad–. ¿Cómo ha pasado?

—No tengo ni idea.

Por una vez, él no la presionó.

—¿Cuándo te vas?

—Ahora mismo. Esta noche.

Él asintió.

—Yo voy contigo.

—No –respondió ella rápidamente, tal vez sintiendo que la presencia de Ethan Curtis con el resto de su familia no sería la mejor idea–. Tú tienes asuntos que cerrar aquí, gente que ver. Por eso vinimos a Mackinac Island.

—Todo eso puede esperar unos días.

Ella se apartó de él, de su abrazo y de la intimidad que habían compartido momentos antes.

—¿Y perder fuerza? Ni hablar. De todos modos, el plan era que yo me marchara hoy, y que tú te quedaras. Ciñámonos al plan, al menos de momento.

Ethan no era un hombre misterioso; decía lo que pensaba y no se disculpaba por ello.

—Esto se te da casi tan bien como a mí –dijo con una medio sonrisa.

—¿El qué?

137

–Fingir que nada te importa.

Sin pronunciar ni una palabra más, Ethan y Mary se perdieron entre los invitados a la fiesta.

El cementerio parecía un jardín inglés, con cubos de margaritas y jarrones de tulipanes y rosas por todas partes.

Cuando el cura empezó a hablar, Mary, que estaba junto a su abuela, su tía y sus primos, recordó el día en el que su padre y ella habían enterrado a su madre. Más o menos las mismas personas que estaban allí en ese momento los habían acompañado aquel día; pero nadie salvo Mary y Hugh había derramado una lágrima, y nadie había salido del cementerio roto de dolor, como ellos dos.

Con la vista fija en el ataúd mientras lo bajaban a la tumba, Mary se preguntó si habría superado la muerte de su madre; la enfermedad y después la pérdida. Siempre se había preocupado tanto por ayudar a su padre a superar su dolor que nunca se había fijado siquiera en su propio dolor. No era de extrañar que hubiera aceptado el trato que le había propuesto Ethan; en ese momento, ella no había estado en sus cabales.

Ethan. Sólo de pensar en él sintió que un calor envolvía su espíritu. Lo echaba de menos, echaba de menos sus bromas y estar entre sus brazos, sentirse viva. Hacía ya unos días que no hablaba con él, desde que se habían dado un beso de despedida en el ferry y él había vuelto a la isla.

Mary levantó la vista y vio a Tess y a Olivia. Ella no les había pedido que acudieran, pero de todos modos agradecía su presencia y su apoyo. Y parecía que no eran las únicas que habían acudido para estar con ella; porque allí, un poco más atrás de sus socias, con traje negro y corbata azul brillante, estaba Ethan Curtis apartado de todos los demás, mirándola con la misma solemnidad que contenían los pasajes de la Biblia que leían. Al principio Mary sintió emoción al verlo, pero entonces pensó en su abuela, que estaba a su lado, y se dijo que tal vez no fuera tan buena idea. A Grace no le gustaría verlo allí, y podría montar un numerito.

En cuando terminó el servicio, Mary se acercó a él discretamente. Él le tomó la mano y se la besó.

—Pensé que podrías... necesitar algo, Mary; y como no sabía qué, decidí venir.

—Gracias —respondió ella, deseosa de perderse en el calor de su abrazo.

Pero ése no era ni el lugar ni el momento, y quería llevárselo de allí antes de que lo descubriera la abuela y empezara a atacarlo.

Desgraciadamente, no fue lo suficientemente rápida.

—¿Qué está haciendo aquí?

Fue como si un viento helado los hubiera rodeado. La abuela de Mary se acercó a ellos y miró a Ethan con una sonrisa sarcástica en su rostro ajado.

—Ha venido como amigo, abuela —se apresuró a decir Mary—. Y...

—Él no es amigo de esta familia —soltó Grace con rabia—. Tu abuelo se habría sentido asqueado.

—Abuela, por favor...

—No necesitas defenderme, Mary —le dijo Ethan con calma—. Sólo he venido a ofrecerle mi apoyo a una amiga, eso es todo.

La mujer entrecerró los ojos con indignación.

–¡El obrero que le quitó la empresa! –se volvió hacia Mary–. ¿Cómo has podido permitir esto?

–Yo no... Yo no soy...

–No te molestes, Mary –le dijo Ethan con una sonrisa leve antes de darse la vuelta y alejarse.

–Me sorprendes –le dijo Grace cuando él se había marchado.

–Y a mí me gustaría decir que me has sorprendido, pero no, abuela –le dijo Mary con pesar.

–No me hables en ese tono, jovencita...

–Entiendo que hoy es un día difícil para ti –dijo Mary, sintiéndose fuerte frente a esa mujer por primera vez en su vida–. Pero no toleraré que le hables a mis amigos de ese modo. Si quieres que sigamos teniendo relación, en el futuro te dominarás.

Dejando a su abuela allí con la boca abierta, Mary fue detrás de Ethan. Lo alcanzó al final de una cuesta desde donde se veía todo el cementerio.

–Lo siento. Hoy en un mal día para ella y no sabe lo que dice.

–No trates de protegerme, Mary; no me hace falta.

–Yo no... –pero Mary no terminó de decirlo porque sabía que él tenía razón.

–¿No estás cansada?

–¿De qué?

–De proteger a todo el mundo. A tu padre, a tus socias a tu abuela y mí...

Ella lo miró, pero no dijo nada. ¿Cómo era posible que Ethan le hubiera leído el pensamiento?

¿Que supiera que se había pasado toda la vida haciendo precisamente eso, esperando que su intervención evitara el caos?

–Tengo que marcharme –dijo Ethan, confundiendo su silencio con indiferencia.

–No –dijo ella en tono firme.

En ese momento llegaron Olivia y Tess.

–Lo siento mucho, Mary –dijo Olivia en tono comprensivo mientras le ponía el brazo por los hombros a su amiga; entonces vio a Ethan y le sonrió con curiosidad–. ¡Señor Curtis, hola! ¿Qué está haciendo aquí?

–Él se hizo cargo de la empresa de mi abuelo –dijo Mary apresuradamente y sin pensar–. Pero ya se marchaba.

Cuando Ethan la miró con frialdad, Mary se dio cuenta de lo que había dicho y de cómo había sonado; como si se avergonzara de él.

–Señoras –Ethan asintió con la cabeza antes de darse la vuelta y marcharse.

A Mary se le fue el alma a los pies.

–¿Qué ha pasado aquí? –preguntó Tess.

Olivia hizo una mueca de pesar.

–Espero no haber dicho algo fuera de lugar.

–No –les aseguró Mary, sabiendo que había llegado el momento de contarle todo a sus socias–. Creo que ha sido algo que he dicho yo.

Capítulo Doce

—Sí, señor Valentine, estaré allí —Olivia volteó los ojos mientras colgaba el teléfono—. Ésta es la tercera llamada en dos días. Parece que los que son tan ricos a veces no sólo son mandones sino también se ponen paranoicos —se volvió hacia Mary y la miró avergonzada—. Lo siento, Mary, no lo decía por ti.

Mary, que estaba sentada al lado de Tess a la mesa de trabajo de Olivia, cruzó las piernas.

—Oye, yo no soy rica.

Tess levantó las vista del papel que tenía delante.

—Pensaba que tu abuelo te había dejado una pequeña fortuna.

—Pero no por eso soy rica —Mary se echó a reír sin ganas—. Tal vez acomodada; además, creo que ser rico es más bien una cuestión de actitud.

—Y que lo digas —continuó Olivia—. Sólo porque este tipo tengo a una docena de mujeres haciéndole la pelota no quiere decir que pueda esperar lo mismo de mí —resopló—. Como si yo fuera a olvidarme de una reunión. ¡El muy bobo!

En las últimas semanas, las tres socias estaban más unidas. Justo después del funeral, Mary les había confesado todo lo que había pasado con Ethan y lo que sentía ella.

Desde entonces ni Tess ni Olivia habían mencionado su nombre, y Mary se lo agradecía porque Ethan llevaba dos semanas sin ponerse en contacto con ella. Mary lo había llamado para intentar disculparse, pero él se había negado a hablarle siquiera. Aun así, no había dejado de pensar en él.

Tess cerró la carpeta con un suspiro.

—Creo que ya está. Este mes de septiembre vamos a estar muy ocupadas, chicas, así que aprovechad cualquier oportunidad que os surja para relajaros.

—¿Qué os parece si vamos a Señor Fred's esta noche? —meneó las cejas—. La mejor salsa de la ciudad y margaritas a un dólar.

—Yo me apunto —dijo Tess de inmediato—. Voy a ponerme el abrigo y nos vemos fuera en cinco minutos.

—¿Y tú, Mary? —le preguntó Olivia—. Es imposible rechazar una margarita, ¿no crees?

Mary sonrió, pero lo cierto era que podría rechazar una margarita y cualquier cosa que llevara alcohol durante por lo menos nueve meses. Estaba otra vez donde había empezado, con un test de embarazo escondido detrás de los rollos de papel del armario del cuarto de baño. Y, en esa ocasión, no le había bajado la regla.

Se pasó la mano por la cara. ¿Cómo se lo iba a decir a Ethan?

—Me encantaría ir —dijo Mary, que sintió náuseas sólo de pensar en margaritas, salsa y patatas fritas—. Pero creo que me tomaré un refresco.

***

La amable doctora Wisel, especialista en obstetricia y ginecología, le confirmó a Mary que estaba desde luego embarazada. Con una receta de vitaminas, una nota con sus futuras citas y unos folletos informativos en el bolso, Mary salió de la consulta medio aturdida y cruzó el aparcamiento donde había dejado el coche.

Abrió la puerta del coche y oyó de pronto que alguien la llamaba por su nombre. Se le aceleró el pulso y se le puso el vello de punta, y rápidamente tiró la bolsa en el asiento del coche y cerró la puerta de golpe. Cuando levantó la vista Ethan estaba allí, guapísimo con unos vaqueros, una camisa blanca y una americana gris de lana fría. Se quedó momentáneamente fascinada con sus facciones, preguntándose si el bebé tendría sus ojos o los de ella, el color de pelo de él o el de ella.

—¿Qué estás haciendo aquí? —le preguntó él en tono seco.

—He venido al médico.

Ethan se olvidó de todo y se acercó a ella con cara de preocupación.

—¿Por qué? ¿Qué pasa?

—Nada. Estoy fenomenal. ¿Y tú, qué haces por aquí? —le preguntó.

Al ver el paquete del test de embarazo en el asiento de atrás del coche, se puso un poco nerviosa.

—Tenía una reunión en el edificio de al lado, y he visto tu coche.

—Ya...

—Bueno, pues nada... —empezó a decir él, como si fuera a marcharse.

Pero Mary no estaba dispuesta a desaprovechar la oportunidad.

–Ethan, quiero disculparme por lo que pasó en el funeral...

Él levantó la mano para detenerla.

–No hay necesidad.

–Sí que la hay. Lo que pasó fue un malentendido.

A su lado, una mujer se estaba montando en el coche de al lado. A Mary se le encogió el estómago al ver que era la mujer con la que había charlado en la sala de espera de la consulta de la doctora Wisel.

–Ay, hola, no la había visto –dijo la mujer.

Mary sonrió a la mujer con nerviosismo, rogando en silencio para que no dijera nada. La mujer agitó la mano con felicidad mientras se montaba en el coche.

–Hasta otro día, y mucha suerte con su bebé.

Mary asintió mientras la mujer terminaba de montarse y cerraba la puerta del coche.

–¿Tu bebé? –dijo Ethan mientras trataba de mirarla a los ojos.

–Eso parece, aunque es un poco pronto aún.

–¿Pero... cómo es posible? Utilicé preservativo...

–Lo sé...

–Dios, un bebé –volvió la cabeza y se pasó la mano por la cara–. Un bebé, vas a tener un bebé.

–Es nuestro bebé –dijo Mary sin poder evitarlo.

No iba a rogar, pero quería a Ethan, y esperaba que él deseara ese bebé tanto como lo deseaba ella.

–Ah, Mary –pronunció con una suavidad que sólo había oído cuando había estado entre sus brazos–. ¿Ibas a contármelo?

–Por supuesto que iba a decírtelo –le aseguró ella–. Pero como no contestabas al teléfono...

—Habría contestado a ésta.

—Primero tenía que pensar en algunas cosas; y tomar algunas decisiones...

Él se quedó pálido.

—Lo vas a tener... ¿no?

—Sí, sí, claro.

Él suspiró aliviado.

—¿Pero... ibas a esperar un poco para decírmelo?

—¿Ethan, otra vez? Llevamos dos semanas sin hablar. No sabía si íbamos a volver a hablar o si ibas a seguir ignorando mis llamadas.

—Estaba enfadado.

—Lo sé.

—Tenía derecho a estarlo.

—Vale.

—Pero eso no quiere decir que mis sentimientos hacia ti hayan cambiado.

A Mary se le subió el corazón a la garganta. ¿Qué sentimientos? ¿Había algo más aparte de la atracción y de la extraña amistad?

—Tengo que saber algo, Mary.

—Muy bien.

—¿Tú también te sientes avergonzada de mí?

—¿Pero de qué estás hablando?

—De lo que hiciste en el funeral; o más bien de lo que no hiciste. Tu abuela me trató como si no le llegara a la suela del zapato, y tú te quedaste allí, sin decir nada.

—Lo sé. Fue una imbécil. Pero cuando te marchaste, me enfrenté a ella.

—Pues con tus socias también quisiste librarte de mí enseguida.

Mary suspiró y se apoyó en el coche.

—Eso no tuvo nada que ver con estar avergonzada,

Ethan. No quería que supieran que me había dejado chantajear, que después trabajé para ti y que luego... –tragó saliva–. Y que luego me enamoré de ti en Michigan. Si me avergüenzo de alguien, es de mí misma, Ethan.

–¿Por amarme? –dijo él.

Ella lo miró con sinceridad.

–Ethan, estoy confesando la verdad y reconociendo los fallos que he cometido en mi vida –suspiró con fuerza–. Ahora me voy a ocupar de mí misma, y del bebé que viene en camino. Le enseñaré a mi hijo o hija a vivir la vida, y a que debe resolver los problemas de los demás –miró a Ethan–. ¿Y tú, qué le vas a enseñar?

Mary esperaba que al reconocer sus propios fallos él se diera cuenta también de que la única manera de hacer planes de futuro era aceptar el pasado. Pero él no estaba listo para hacer eso, y Mary se dijo que tal vez nunca lo estuviera.

–Tengo mucho que enseñar –dijo Ethan con orgullo.

–¿El arte de hacer un trato?

–No tiene nada de malo ser implacable en los negocios...

–¿Negocios? Veo que aún no has entendido lo que pasó entre nosotros dos... ni tampoco te haces responsable de ello, ¿verdad?

–Si estás hablando del trato que hicimos al principio...

–Pues claro que sí.

Él apretó los dientes y la miró con dureza.

–Hice lo que tuve que hacer en ese momento.

Mary soltó una amarga risotada mientras abría la puerta del coche y se metía dentro.

—Sabes, con lo listo que eres, pensaría que habrías podido darme una respuesta más creativa. Ésa ya está un poca manida, y yo estoy cansada de oírla —dijo antes de cerrarle la puerta en las narices.

Unos golpes en la ventanilla del coche sacaron a Ethan de su ensimismamiento. Llevaba ya un buen rato aparcado delante de la caravana, y el dueño finalmente se había acercado a ver qué pasaba.

Tenía un aspecto de canalla impresionante, pero cuando se dirigió a él no fue en mal tono sino con interés.

—¿Hay alguna razón por la que le guste aparcar delante de mi caravana, o es acaso un maniático?

—Yo viví aquí hace años.

El hombre se quedó asombrado.

—¿Ah, sí?

—Con mi madre y mi padre; bueno, con mi padre, sólo.

—Sí, sé lo que es eso —el hombre se rascó la cabeza pensativamente—. Yo tengo un chico adolescente; está un poco loco, por la edad, pero es muy listo. Saca sobresalientes en todas las asignaturas. A lo mejor podrá ir a una buena facultad y conseguir un buen coche como el suyo.

—A lo mejor.

—Por eso me mudé aquí —confesó el hombre—. Por él; para que pudiera ir a un colegio mejor.

Ethan miró al tipo. No tenía mucho, y sin embargo su mayor preocupación parecía ser el futuro de su hijo. Ethan no había conocido esa clase de interés y amor por parte de su padre, pero sabía que quería darle eso a su hijo.

Mary no se había equivocado. Llevaba mucho tiempo engañándose a sí mismo. La vergüenza que sentía sobre sus orígenes no era por la caravana; sino por haber tenido un padre que no se había sentido orgulloso de sí mismo y que le había echado la culpa a todo el mundo por lo que le había tocado en la vida.

Como hacía Ethan.

No necesitaba estar emparentado con las familias de rancio abolengo para saber que valía o para considerar que había tenido éxito. Su mayor éxito se desarrollaba en esos momentos en el vientre de Mary.

Ethan miró al tipo con curiosidad.

—Qué estúpido.

—¿Cómo? —le preguntó el hombre, que en ese momento se había distraído saludando con la mano a su hijo.

—Me refería a mí —Ethan sacó una tarjeta de visita—. Cuando tu chico vaya a la facultad, dile que se ponga en contacto conmigo.

El hombre leyó la tarjeta y lo miró muy impresionado.

—¿Presidente?

—Cuando empecé no me habría venido mal una ayuda —dijo Ethan—. Siempre tenemos becarios en prácticas.

—Se lo agradezco —el hombre se guardó la tarjeta en el bolsillo y señaló la caravana—. ¿Quiere pasar? Vamos a preparar una barbacoa.

—Gracias —Ethan sonrió—. Creo que es hora de que salga de aquí.

—De vuelta al lugar donde pertenece.

—Eso es —respondió Ethan, pensando sólo en Mary y en su bebé.

Ethan abandonó el aparcamiento de caravanas, sabiendo que sería la última vez que iba a volver por allí. Si quería un futuro con la mujer que amaba y el hijo que llevaba en su vientre, tenía que dejar atrás el pasado para poder mirar hacia el futuro.

Capítulo Trece

—No puedo creer que vaya a ser abuelo.

Mary estaba sentada con su padre en una manta en el jardín, junto al huerto.

—Pues es verdad —le dijo mientras daba un mordisco de un sándwich de carne fría.

Hugh se sentó a su lado, y Mary pensó que hacía tiempo que no le había visto con tan buen aspecto y tan animado.

—Tu madre estaría tan orgullosa; ojalá pudiera ver...

—Lo sé. Pero lo hará, a su manera, ¿no?

—Sí, es verdad —dijo su padre con una sonrisa—. ¿Cuéntame, qué planes tienes, Mary? ¿Te vas a quedar en tu apartamento después de que nazca el bebé? Es bastante pequeño.

—Es verdad.

Aún no sabía qué iba a hacer, sólo que todo iría bien y que aquél era un bebé muy deseado y sería un niño muy querido.

—Ah, me llamó la abuela.

Hugh parecía sorprendido.

—¿De verdad? ¿Después de lo que me contaste de la escenita del funeral?

—Me dijo que respeta mis gustos...

—¿Te dijo eso?

Mary se echó a reír.

–Lo sé, yo también me quedé muy sorprendida. Incluso se disculpó y me dijo que mis amigos eran cosa mía; y eso después de decirle quién es el padre. ¡Fíjate, quiere que me vaya a vivir con ella y que tenga allí al bebé!

–¿Y qué le dijiste?

–Que no, muchas gracias.

–Seguro que le sentaría fatal.

–Bueno, un poco, pero me dijo que lo entendía y que fuera a visitarla todo lo que quisiera.

Hugh masticó un bocado de zanahoria.

–Vaya, ha cambiado mucho desde que su hija se casó conmigo.

–Supongo que sí. Dice que quiere ser parte de mi vida y de la del bebé, y que está dispuesta a enterrar el hacha de guerra con Ethan –Mary se encogió de hombros–. Hasta que no lo vea, no lo creo; pero a veces las personas cambian, ¿verdad? Aunque sea en cosas pequeñas.

–Sí, a veces es así –Hugh la miró con seriedad–. ¿Te he dicho ya que no estoy contento con la actitud del padre?

–Sí, me lo has dicho –el sol lucía alto en el cielo, y Mary calculó que debía de ser alrededor de la una–. Cometió algunos errores, papá. Pero yo también; y tú.

–Bueno, si devolverme la escultura es señal de que está cambiando, a lo mejor tienes razón, chica.

Mary miró hacia donde señalaba su padre. Al final del jardín, donde su madre había plantado un círculo de rosas de té, estaba la escultura de una madre con un niño que Hugh tanto había arriesgado por tratar de recuperarla.

–Te la ha devuelto.

Hugh asintió.

—Me la trajo él mismo. No hablamos mucho, pero creo que fue un buen detalle por su parte.

Mary se sonrió, sabiendo que a Ethan le habría costado bastante ir a casa de su padre con la escultura. Había hecho un buen gesto.

Cuando levantó la cabeza, su padre la miraba con interés.

—Lo quieres, se te nota.

—Sí. Sólo espero que sea suficiente. Tiene que superar algunas cosas, aceptar otras y disfrutar de la vida que tiene por delante. Pero me inquieta pensar cuál será su paso siguiente.

Hugh arqueó las cejas canosas.

—¿Y si no da ese paso?

—Entonces lo voy a sentir mucho —alzó la barbilla y trató de ignorar la punzada en el pecho—, pero sobreviviré.

El sábado por la mañana las tres socias de NRR estaban trabajando. Tenían muchísimo trabajo en esa época y tanto Mary como Olivia como Tess estaban haciendo horas extras para atender bien a todos sus clientes.

Tess se asomó al despacho de Mary, con aspecto de estar un poco nerviosa.

—Mary, es el señor Curtis.

A Mary se le subió el corazón a la garganta.

—¿Está aquí?

—No, ha llamado por teléfono y ha dejado un mensaje para ti —le pasó un pedazo de papel—. Me pidió que te encontraras allí con él.

—¿Eso ha dicho?

Tess asintió, sonriendo.

—Buena suerte.

Mary se quedó mirando la dirección en el papel, muy nerviosa. Después de todo lo que habían pasado no tenía ganas de volver allí. Pero su deseo de saber lo que Ethan quería decirle fue más fuerte, así que agarró el bolso y salió de la oficina sin perder ni un momento.

Ethan estaba nervioso. Menos mal que la tienda de bebés no estaba llena de gente, porque quería hablar con Mary en privado.

Se oyó la campanilla de la puerta y Ethan se dio la vuelta y vio entrar a Mary. Estaba tan guapa que se quedó mudo de asombro. El cabello suelto le enmarcaba suavemente el rostro, y llevaba un traje pantalón de lino color hueso y unas sandalias muy femeninas y las uñas de los pies pintadas de rosa.

—Creo que deberíamos evitar comprar nada azul, aunque sea niño.

Mary lo miró con recelo.

—¿Para qué he venido aquí?

—Siéntate —Ethan sonrió—. Por favor.

Ella se sentó en una mecedora a su lado y esperó.

—¿Cómo estás?

—Bien —respondió Mary—. Curiosa.

Él asintió, sabiendo que necesitaba ir al grano si quería que ella le hiciera caso.

—Mira, Mary, ya lo he entendido.

—¿Entender el qué?

—Mis complejos. Todos ellos. Lo entiendo. Te obligué a una situación imposible, sólo para sentir que tenía valor. Tienes todo el derecho a estar enfadada conmigo. Pero no tienes que avergonzarte de ti misma.

—No me avergüenzo.

—Me alegro.

Ella le sonrió.

—Pero gracias por decirlo.

—Ay, cariño —Ethan se arrodilló delante de ella—. Eso no es más que la punta del iceberg, hay muchas más cosas que confesar.

A Mary se le aceleró el pulso mientras sentía renacer la esperanza en su pecho tras varias semanas de desaliento. Ethan le estaba abriendo el corazón; se lo notaba en los ojos y en la voz.

Le tomó la mano y la besó en la palma.

—Sé que después de todo lo que he hecho, pedirte que me ames sería pedir mucho, pero te lo pido de todos modos.

A ella le dio un vuelco el corazón. No podía creer lo que decía Ethan.

—No tienes que hacerlo. Si es por el bebé, puedes ser parte de...

—Mary, te amo. Lo del bebé sólo me hizo darme cuenta de que debía enfrentarme a lo que he hecho y a un pasado que me dominaba.

Mary, totalmente abrumada, negaba con la cabeza al tiempo que lo miraba.

—¿Qué te pasa, cariño? —le preguntó mientras le besaba la mano con tanta ternura y adoración, que a Mary se le saltaron las lágrimas.

—Es que nunca pensé que llegaríamos hasta aquí.

—Pero hemos llegado.

—Lo sé y lo agradezco tanto.

—¿Quería saber qué regalo le puedo dar a este niño? —dijo mientras le tocaba el vientre.

Mary asintió, presa de la emoción que le impedía articular palabra.

—Puedo darle el mismo regalo que su madre me ha dado a mí: el regalo de amor.

En ese momento Mary sólo quería abrazar a Ethan para no soltarlo nunca.

—Te amo, Ethan; te amo tanto.

Él la besó en el cuello, en la mejilla y en los párpados.

—Yo también te amo. ¿Te quieres casar conmigo?

Ella se echó a reír, más feliz y segura de su futuro que nunca.

—Sí, sí, sí.

Ethan la besó con una avidez y una posesividad que no le permitían apartarse de ella.

—Hola —se oyó una voz femenina a sus espaldas.

Aún abrazados, Ethan y Mary levantaron la vista y sonrieron con timidez a la mujer.

—¿Vamos a comprar para nosotros o para otra persona?

Ethan se metió la mano en el bolsillo de la americana y sacó un estuche que contenía el diamante amarillo más precioso que Mary había visto en su vida. Le sonrió mientras se lo ponía en el dedo.

—¿Qué te parece, mi futura señora Curtis? ¿Hacemos unas compras?

Mary lo besó de lleno en los labios y dijo en tono alegre:

—Me parece que ya era hora.

Deseo™

Una apuesta escabrosa
Metsy Hingle

Laura Spencer había apostado su propio cuerpo a que el magnate Jackson Hawk no lograba hacerse con su hotel de Nueva Orleans. Si no conseguía reunir quince millones de dólares en treinta días, Laura quedaría a merced de Jack... y en sus brazos.

Lo que no sabía era si el empresario había aceptado esa apuesta porque la deseaba... o porque, si ganaba, sabría que nadie más la tendría.

**Quería aquella mujer para él...
y siempre conseguía lo que deseaba**